山东体育学院·人文社会科学研究文库

中国历代风筝诗词赏析

张基振　袁宏　刘青　编著

山东大学出版社

图书在版编目(CIP)数据

中国历代风筝诗词赏析/张基振,刘青,袁宏编著.
—济南:山东大学出版社,2015.12
ISBN 978-7-5607-5466-6

Ⅰ.①中… Ⅱ.①张… ②刘… ③袁… Ⅲ.①古典诗歌—诗歌欣赏—中国 Ⅳ.①I207.2

中国版本图书馆 CIP 数据核字(2015)第 321097 号

责任策划:刘旭东
责任编辑:武迎新
封面设计:张　荔

出版发行:山东大学出版社
社　址　山东省济南市山大南路 20 号
邮　编　250100
电　话　市场部(0531)88364466
经　销:山东省新华书店
印　刷:泰安金彩印务有限公司
规　格:720 毫米×1000 毫米　1/16
7 印张　125 千字
版　次:2015 年 12 月第 1 版
印　次:2015 年 12 月第 1 次印刷
定　价:15.00 元

前言

2004年底，我选择确定了以潍坊风筝文化作为个案的博士研究课题。对于我来说，这是一个全新的研究领域。我的研究首先是从对中国风筝文化发展史的认识开始的。在资料搜集与阅读过程中，我无意中看到了一些古人描写风筝的诗歌，出于学习和了解风筝文化历史的目的，便把这些诗歌摘录了下来。后来，随着研究学习的不断深入，摘录的诗歌越来越多，而且还发现其他一些描写风筝的文学艺术作品，比如小说、戏剧、绘画以及一些手工艺品等。于是，逐渐地我便开始有意识地去搜集更多的吟咏风筝的诗词。

我们知道，在我国风筝有着悠久的历史，其诞生至少也得有2000多年的历史了。到了唐代，放风筝已发展成为民间比较普遍的儿童游戏。唐代诗人路德延曾作《小儿诗》中“折竹装泥燕，添丝放纸鸢”的诗句，说的就是儿童放风筝的游戏。自唐以后，放风筝游戏在我国越来越盛行，并逐渐与春游踏青、荡秋千、上坟扫墓等一系列活动一起构成了清明时节民间民俗活动的重要内容。

风筝作为一审美对象而闯入诗人的艺术视野大致始于唐代，这与其在社会上的普及和盛行应该有着直接的关系。正如古代的蹴鞠、秋千等其他一些传统民俗文化现象一样，其发展与繁盛一定会在文学艺术作品中反映出来。譬如杜甫曾有“十年蹴鞠将雏远，万里秋千习俗同”，而苏东坡更是留下了“墙里秋千墙外道，墙外行人墙里佳人笑”的千古佳句。唐以降，随着清明节放风筝民俗的逐渐形成与发展，描写风筝的诗词歌赋、小说戏剧、绘画以及各种形态的民间艺术作品层出不穷。这些美妙的文学艺术作品不仅记录和反映了多彩的民间民俗生活，展现了风筝文化之美，也更进一步丰富了中国风筝的文化内涵。

为了保护和弘扬中国风筝文化，特将所集唐代至民国历代描写风筝的诗词135首编辑成册并请袁宏博士作注释与赏析，愿与广大读者共享。

总体看，本书所辑作品大致可分为两大类：

一类是以写实手法对放风筝情景的直接描述，展现的是放风筝的热闹场面和盎然童趣。譬如“艳艳裔裔，亭亭迢迢。如片云之初下，似残云之欲销。……野鹄来迁而伴飞，都人相视而指看”，还有“风鸢放出万人看，千丈麻绳系竹竿。天下太平新样巧，一行飞上碧云端”。诗文所描写的放风筝场景之热闹，应不逊于今日。像“草长莺飞二月天，拂堤杨柳醉春烟。儿童放学归来早，忙趁东风放纸鸢”，再如“结伴儿童裤褶红，手提线索骂天公。人人夸你春来早，欠我风筝五丈风”，则分别从不同的角度描写了风筝给孩子们带来的种种乐趣，让人充分体会到风筝带来的美妙、欢乐的感觉。

另一类作品是采用比喻的手法，借用对风筝的描写，借景抒情，托物寄意。换言之，就是通过对风筝姿态、命运的描述来表现诗人丰富的情感和多样化的人生态度。或抒雄心壮志，或发胸中之慨，或叹人生之悲欢，或嘲小人之邪恶，不一而足。此所谓“立象以尽意”。像曹雪芹的“阶下儿童仰面时，清明妆点最堪宜。游丝一断浑无力，莫向东风怨别离”，这首诗谜就是典型地借物喻人，以断线的风筝隐喻探春远嫁难归的结局、命运。而元稹的“有鸟有鸟群纸鸢，因风假势童子牵。去地见高人眼乱，世人为尔羽毛全。风吹绳断童子走，余势尚存犹在天。愁尔一朝还到地，落在深泥谁复怜”，则是将风筝比作那些趋炎附势之徒，借此表达诗人对那种无德无能、依仗权势、狐假虎威一类人的鞭挞。

在本书的编辑过程中，得到了许多朋友的支持和帮助，在此表示衷心的感谢！

尽管本书的编辑前后历经了很长时间并花费了很大的精力进行考证和辨析，但仍不可避免地会有疏漏谬误之处，敬请读者、专家指正。

张基振

2015 年 9 月于济南

目 录

纸鸢赋

唐·唐荣[1]

代有游童[2]，乐事[3]末工[4]，饰素纸以成鸟，象飞鸢之戾[5]空。翻兮将度振沙之鹭，杳兮空光渐陆之鸿。抑之则有限，纵之则无穷，动息乎丝纶之际，行藏[6]乎掌握之中。其翰[7]非逸，其羽乃疾，弄轻影，昂素质[8]，侔[9]瑞鹊之临河，学灵乌[10]之就日。诡状万殊，奇姿非一。冲激吹而频惊，入增尘而乍失。及夫晚际萧寥[11]，近日迢遥[12]，出虚景[13]，逼长宵[14]，艳艳裔裔[15]，亭亭迢迢，如片雪之初下，似残云之欲销。何裕如[16]之嚣嚣[17]，纷携兹而玩玩。其上同绮翼之迁乔，其下若驯雏之就唤。虞罗[18]获免，弦缴[19]莫惮，野鹄来迁而伴飞，都人相视而指看。叹乎升腾得势，真假相乱。殊不惭鹦鹉之被笼[20]，苍鹰之受绊，六鹢[21]尚退于宋都，大鹏犹沈于海畔。彼无识而无知，亦曷足以见嗤？但仰牵运，不能自为，无仙鹤九皋[22]之响，乏晨鸡五德[23]之奇。零落倏忽，悠扬暂时，偕鸳鸯之侣，入凤凰之池。向若劳力，高风莫吹。安有望于寥廓？必不出于藩篱。且纸之所尚，事有攸往[24]，供笔阵之乐，起词华之赏。故莫载于凤文，而反图于鸱[25]像。因人而进，争路而长。固不济于时须，欲屏之兮何爽。

【注释】

[1]唐荣：唐代诗人，生卒年及生平情况不详。

[2]游童：嬉游的小孩。

[3]乐事：得意事；使人高兴或满意的事。

[4]末工：旧时对工匠的蔑称。

[5]戾：至。

[6]行藏：指出处或行止。常用以说明人物行止、踪迹和底细等。

[7]翰：长而坚硬的羽毛。

[8]素质：事物本来的性质，又指白色的质地。

[9]侔(móu)：相等，齐。

[10]灵乌：相传太阳中有三足鸟，后用来指太阳。

[11]萧寥：寂寞冷落。

[12]迢遥：遥远的样子。

[13]虚景：想象中的景物。

[14]长宵：漫长的夜。

[15]裔裔：形容舞姿或步履袅娜。

[16]裕如：形容从容不费力。

[17]嚣(áo)嚣：傲慢的样子。

[18]虞罗：原指掌山泽之虞人所张设的网罗。泛指渔猎者设置的网罗。

[19]缴(zhuó)：系在箭上的丝绳。

[20]被笼：放置被物的竹箱。此处指鹦鹉被关进笼子里。

[21]鹚：古书上说的一种似鹭的水鸟。

[22]九皋：曲折深远的沼泽。后用以指鹤。

[23]五德：此处比喻物的五种特征，古谓鸡有文、武、勇、仁、信五德。

[24]攸(yōu)往：时间久远。攸，放在动词之前，构成名词性词组，相当于“所”。

[25]鸱(chī)：古书上指鹞鹰。

【赏析】

此赋载(清)董诰等编《全唐文》卷九百五十三。有关风筝的诗文大多较为简短，此文则采用赋体，是吟咏风筝的诗文中较长的一篇。此文沿用了赋体的传统手法，文章的前半部分对放飞的风筝进行了细致的描绘、丰富的想象，铺陈排比，极尽夸张形容之能事；后半部分则运用议论的表达方式，借用风筝表达了对人生的态度，集中体现了文章的立意。

在文章的前半部分，作者从不同的角度对风筝进行了详细的描述，较为全面地展现了风筝的风采。首先，此文以简约的笔触介绍了风筝的基本特征。风筝制作简单，放风筝作为一种娱乐方式，在任何一个朝代都和孩子有着密切的关系，属于“乐事末工”。作者对风筝的简单介绍，一方面开启了下文，另一方面为文章立意的表述埋下了伏笔。其次，展开丰富的想象力，从不同的角度描述风筝的姿态，“诡状万殊，奇姿非一”。作者运用了大量的比喻、对比描绘了风筝在空中的姿态，充分展现了风筝的动态美。在空中飞翔的风筝好像“振沙之鹭”“渐陆之鸿”，又如“瑞雀之临河”“灵乌之就日”，其上下翻飞，“上同绮翼之迁乔”，“下若驯雏之就唤”。远远望去，难以与天上的飞鸟相区分。放飞的风筝姿态万千，成为天空中美妙的点缀，“艳艳裔裔，亭亭迢迢，如片雪之初下，似残云之欲销”。作者赋予风筝以生命，通过与其他飞鸟相比，极力渲染了风筝的逍遥自如、不可一世，将对风筝的赞美推向了高潮。作者对风筝姿态的描绘，也反映了人们在放风筝过程中得到乐趣和美的享受。

在文章的后半部分，作者在极力铺叙渲染的基础上，笔锋一转，对风筝进行了鞭辟入里的分析。风筝“无识而无知”，只是孩子们嬉戏、人们娱乐的一种工具。不论风筝飞舞的姿态有多美妙，究其根本都需要借助风力。即使飞入高空，其持续的时间也是短暂的，“零落倏忽，悠扬暂时”。作者对风筝的描绘暗含了对无德无能、依仗他人权势而耀武扬威的人的讽刺。在此基础上，作者更进一步提出，纸历来用作“供笔阵之乐，起词华之赏”，而不宜用来制作娱乐用的风筝，这样无益于文治武功，徒有玩物丧志之嫌。最后，作者借风筝表达了自己对人生的看法：人生之路的选择要因人而异，要合乎时代的需求，这样才能有所长进，对于不利于自己发展的事物比如风筝，则应该学会放弃。作者的这一观点与篇首对风筝的定位——“代有游童，乐事末工”——呼应起来。

文章由极尽渲染风筝之美，到对风筝“无识而无知”的分析，体现了赋体“劝百而讽一”的特征，从侧面也反映了作者对风筝的多方面的认识和分析。

【参考译文】

放风筝是一种很好的娱乐方式，每个朝代的孩子们都喜欢放风筝。工匠们把纸剪成鸟的样子并将其装饰得非常漂亮，放飞之后如同在高空飞翔的雄鹰。风筝在天上上下翻飞时好像在沙滩上振翅高飞的白鹭，在高空翱翔时又如从远处渐进着陆的大雁。人们通过风筝线控制着风筝的飞行，牵制着风筝线，风筝就被人所控制；放开风筝线，风筝则自由飞翔，不再为人左右。虽然牵引着细细的风筝线，却牢牢地掌控着风筝的行踪。风筝的羽毛虽然并不飘逸，但飞翔时却非常的迅捷。风筝在空中展示着自己美好的姿态，身姿轻盈矫健，可以和河边象征着吉祥的喜鹊相媲美，又好比追赶太阳的灵乌。风筝在空中的姿态千变万化，不一而足。风筝乘风飞入高空，其迅捷如同奔腾的激流令人惊讶；风筝从空中跌落到地面则瞬息之间消失得无影无踪。天空寂寥的傍晚时分，没有了白日的喧嚣，飞翔在空中的风筝遥远得好像快要接近太阳，在晚霞中仿佛一幅虚幻的景象，飞翔的样子袅娜多姿，自由自在，好像从空中飞舞的雪花，又如天边将要消失的残云。风筝在空中骄傲飞翔的样子多么优雅从容，人们纷纷放风筝来享受其中的乐趣。升空的风筝如同美丽的翅膀轻飘飘飞上高空，被收回的风筝又如驯服的小鸟听从人的使唤。风筝不仅如鸟儿般在高空飞翔，而且不必担心陷入罗网，也不必担心搭在弦上的利箭。天鹅也飞来同风筝相伴而翱翔，都城的人们相互指指点点来观看赏玩。人们都感叹风筝乘风上下飞舞，和天鹅相伴而飞，真假难以分辨。风筝飞舞的姿态让关在笼子里的鹦鹉、被束缚的苍鹰感到惭愧，仿佛退回宋都的六鹢、停歇在海边的大鹏都失去了光彩。

风筝你无识无知，又怎能嗤笑鹦鹉、苍鹰，甚至六鹢、大鹏？虽然风筝能飞上天空，但依靠的是人的牵引和风力的帮助，而自己没有这种能力。风筝既没有仙鹤那种鸣于曲折深远的沼泽之地的声响，也没有晨鸡文、武、勇、仁、信五种美德。风筝在高空飞翔是暂时的，瞬间便飘落在地。虽然有时携妻出入高贵显赫之地，但假若不借助人的牵引和风力的帮助，又怎能飞入浩瀚的天空，恐怕连小小的宅院都飞不出去。况且纸张历来被用于书写美妙的诗文，描绘美丽的画面。所以切莫将本应描绘有着美丽羽翼的凤凰的纸张，涂抹成凶恶丑陋的鹞鹰。因此，人应该根据自己的实际情况而发展自己，寻求适合自己发展的道路。既然不能适合于时代的需求，就是将之放弃又有什么差错呢？

纸鸢赋

唐·杨誉[1]

相[2]彼鸢矣，亦飞戾天。问何能尔？风之力焉。余因稽[3]于造物，知不得于自然。原其始也，谋及小童，征诸哲匠，蔡伦造纸，公输献状[4]。理纤篾以体成，刷丹青而神王[5]。殷然[6]而髡[7]彼羽翼，邈然[8]而引夫圆吭。膺[9]系纤缕，趾续长绳。俯剧骖[10]之七达，挂高台之九层。形全而和，似斗鸡之养纪渻[11]。目大不睹[12]，若异鹊之在雕陵。因所好而毛羽，思有遇而骞腾[13]。鄙宋都之退鹢[14]，慕溟海[15]之抟鹏[16]。于是扇以扶摇[17]，纵诸寥廓。绚练[18]倏闪[19]，翕赫[20]忽霍[21]。瞬息而上千寻，咄嗟[22]而游大漠。翔鹍仰而不逮，况青鸟之与黄雀。彼都人士，瞻贮城隅。初指冲天之鹤，远言拂日之乌。望有尘埃，谓翻形而载旆；听无音响，疑避影以衔芦[23]。始回翔于元气[24]，终出入于高衢[25]。所以羽翮[26]既成，云霄自致。期上腾以奋激，何中路之颠坠？力不培风[27]，势将控地[28]。感鱼龙之失水，冀蚊虻之附骥[29]。比画虎之非真，与刍狗之同弃。宁待时而蓄力，信因人以成事，吁嗟鸢兮适时，与我兮相期。知我者使我飞浮，不知我者谓我拘留，啄腐鼠兮非所好，啸茅栋兮增至愁。才与不才，且异能鸣之雁；适人之适，将同可狎之鸥。我于风兮有待，风于我兮焉求？幸接飞廉[30]之便，因从汗漫[31]之游。当一举而万里，焉比夫榆枋之譽[32]鸠者哉？

【注释】

[1]杨誉：生卒年不详。唐玄宗天宝七年(748 年)戊子科状元及第。该科进士及第二十四人。同榜有何幼嗣、李嘉佑等。曾官慈州刺史、汾州刺史。

[2]相：察看。

[3]稽：考证，考核。

[4]献状：呈现某种形态。

[5]神王：谓精神旺盛。

[6]殷然：情义深厚貌。

[7]髡(kūn)：古代称修剪树枝，此处指梳理羽翼。

[8]邈然：遥远貌，高远貌。

[9]膺(yīng)：胸。

[10]剧骖(cān)：七面相通的大道。《尔雅·释宫》："七达谓之剧骖。"郭璞注："三道交，复有一歧出者。今北海剧县有此道。"《释名·释道》："七达曰剧骖。骖马有四耳，今此道有七，比于剧也。"宋周邦彦《汴都赋》："剧骖崇期，荡夷如砥。"

[11]纪渻：人名。纪渻养的斗鸡，看上去就像一只木鸡。比喻一个人的修养超过了一般人的境界。渻，古同"省"，减少。

[12]目大不睹：眼睛虽大，但看不见东西。比喻徒具形式而没有作用。

[13]骞腾：犹飞腾。

[14]退鹢：退飞之鹢。语本《春秋·僖公十六年》："六鹢退飞过宋都。"

[15]溟海：神话传说中的海名。

[16]抟鹏：盘旋在高空的鹏鸟。

[17]扶摇：暴风由下向上升腾，喻仕途得志。

[18]绚练：迅疾的样子。

[19]倏闪：顷刻，刹那间。

[20]翕赫：盛大，显赫。

[21]忽霍：短暂的样子。

[22]咄(duō)嗟：霎时。

[23]衔芦：口含芦草。雁用以自卫的一种本能。

[24]元气：指天地未分前的混沌之气。

[25]高衢：大道，要路。

[26]羽翮(hé)：指鸟羽，泛指翅膀。翮，羽毛下段不生羽瓣而中空的部分。

[27]培风：犹乘风。

[28]控地：以头叩地。

[29]附骥：蚊蝇叮附马尾而远行，比喻攀附权贵而成名。

[30]飞廉：商纣的谀臣。

[31]汗漫：广大，漫无边际。

[32]鷽：寒鸦。

【赏析】

此赋见清董诰等编《全唐文》卷一百五十四。此赋描绘了风筝借助风力展现美的姿态，表达了作者希望“待时而蓄力”“因人以成事”，从而一展宏图的远大抱负。

此文开篇较为详细地介绍了风筝的特征和发展历史。风筝是人工的产物，之所以能飞上天，则借助于“风之力”。风筝历史悠久，制作简单。公输班制作的风筝为后人制作风筝提供了典范。蔡伦发明造纸术之后，风筝的制作也更加简单化，以细竹片做成框架，以画成各种图案的纸张粘制而成。做成的风筝如羽翼丰满的鸟儿高高飞翔，嘹亮的哨音如鸟儿婉转歌唱。

在对风筝进行介绍的基础上，文章运用了赋体的传统手法，对飞天的风筝进行了描绘、渲染，极尽风筝之美。人们用长长的线放飞的风筝飞到空中，俯瞰着四通八达的街道，飞过九层高的高台，神情如木鸡般镇静，遥远如飞过雕陵的翼鹊。风筝在风力的作用下升腾到高空，鄙视退飞过宋都的六鹢，仰慕溟海之上扶摇直上的大鹏。空中的风筝姿态变化多端，顷刻间飞上千里之外，飞过寥廓大漠。飞到空中的风筝吸引人们驻足观望，如“冲天之鹤”“拂日之鸟”，如作战中随风飞舞的旗帜，如衔芦苇而自卫的大雁。有的飞入高空，有的出没于街道。风筝的飞舞源于风力，如果不能顺势乘风，则无法展现自己的姿态，而跌落在地面上。不能借助风力的风筝就像失去水的鱼龙，无以附寄的蚊虻，只能是被人们所遗弃。作者将风筝飞入空中的姿态与未能乘风跌落地下的状态进行了鲜明的对比，进一步突出了乘风对风筝的重要性。

在此基础上，作者生发了对人生的感慨，认为人和风筝一样，一个人远大抱负的实现需要适时而成，需要外力的帮助。不但需要积蓄力量，等待时机，更需要遇到伯乐，助自己一臂之力。但知我者难求，遂发出了“我于风兮有待，风于我兮焉求”的感叹。作者期盼如借助风力遨游于高空的风筝，畅想着展示自己的才能、实现自己的抱负的美好画面，“当一举而万里，焉比夫榆枋之鷽鸠者哉？”

此文借物言志，写物细腻，立意新颖，构思巧妙，运笔自如，既突出了风筝的特征，又抒发了作者的远大志向。

【参考译文】

看那风筝,也能飞到天空,问一问为什么能这样,原来是由于风的力量。我考察了风筝制造的过程,得知其飞上天空并非是出于其自然本性。我探究了风筝的起源:放风筝是小孩子喜爱的娱乐方式,它是由工匠来做成的。蔡伦发明造纸为风筝的广泛制作提供了物质基础,公输班创制了风筝为后人制作风筝提供了基本的形状。制作风筝是用细竹篾子做成风筝的框架,用纸糊好之后再用彩笔绘成富有神采的样子。风筝飞在空中,仿佛梳理着自己的羽翼,飞得悠然自得,远远传来其幽远婉转的歌唱。风筝线有的系在风筝胸前,有的拴在风筝下面。高飞在空中的风筝,俯视着四通八达的大道,飞过九层之高的楼台。空中的风筝,外形完整,神情镇定,好像纪渻养的斗鸡,遥远如飞过雕陵的翼鹊。风筝喜爱自己的羽毛,盼望着有了机遇而借势腾飞。风筝鄙视退飞过宋都的六鹢,仰慕溟海扶摇直上的大鹏。于是风筝乘势腾飞,在浩瀚的天空中纵横翱翔,顷刻之间迅疾飞过,气势惊人。瞬息之间飞到千里高空,嗟叹之间飞过浩瀚大漠。飞翔的大鸟仰望着,难以企及,更何况青鸟和黄雀呢!都城里的人们久立在城楼上观看高飞的风筝,风筝开始如一飞冲天的仙鹤,飞远时如掠过太阳的灵乌。远远望去仿佛尘埃弥漫,可谓旌旗翻飞,颇有战场的氛围;仔细倾听没有什么声响,好似大雁衔着芦苇以自卫。

风筝开始飞翔于混沌未分的太虚之中,后又出入于街道之中。何以至此,由于有了丰满硬朗的翅膀,才能飞上云霄。风筝期待着一飞冲天,为何飞到中途而跌落下来?如果不能乘着风的力量,必将跌落在地上。感慨鱼龙失去水则将不能存活,期待如附寄在马尾上的蚊蝇一样找到可以凭借的力量。没有丰满的翅膀,则没有飞翔的能力,如同画的虎并不真实,理当同狗和草一样被抛弃。我(风筝)宁愿等待时机,积蓄力量,期待伯乐的指引以实现自己一飞冲天的抱负。感慨我和风筝一样,实现理想需要等待时机。理解我的人将让我实现理想,不理解我的人则认为我呆板拘谨。吃腐烂的老鼠并非我(风筝)的所好,在茅草屋里鸣叫只能徒增忧愁。才与不才的区别,如同是否鸣叫的大雁之间的差异;专门投人所好的人,如同追波逐潮的海鸥一样被人轻视。我(风筝)对于风有所期待,风对我(风筝)哪有什么要求?得到风的帮助是很困难的。正是有幸主动接受了风神给予的便利,曾能跟着它在漫无边际的天地之间遨游。借助风力一飞冲天遨游万里天空时,徘徊在树林间的乌鸦、斑鸠又怎能相比拟呢?

纸鸢

唐·元稹[1]

有鸟有鸟群纸鸢，因风假势童子牵。
去地渐高人眼乱，世人为尔羽毛全。
风吹绳断童子走，余势尚存犹在天。
愁尔一朝还到地，落在深泥谁复怜！

【注释】

[1]元稹(779～831年)：字微之，河南河内人。元和初，应制策第一。除左拾遗，历监察御史。坐事贬江陵士曹参军，徙通州司马。自虢州长史征为膳部员外郎，拜祠部郎中、知制诰。召入翰林为中书舍人、承旨学士，进工部侍郎同平章事。未几罢相，出为同州刺史。改越州刺史，兼御史大夫、浙东观察使。太和初，入为尚书左丞、检校户部尚书，兼鄂州刺史、武昌军节度使。年五十三卒，赠尚书右仆射。

元稹是唐代著名诗人，和白居易齐名，所作称“元白体”，以通俗易懂、关注民生疾苦为特色。有《元氏长庆集》传世，本诗载《元氏长庆集》卷二十五。

【赏析】

这是一首新乐府诗，为《有鸟二十章》组诗之一，作于唐元和五年(810年)，是作者被贬官到江陵任参军时所作。组诗写的都是有一些局限的鸟，如“鹦鹉”“蝙蝠”“啄木鸟”等，可以说是作者对世态人情的一种深刻描绘，尤其形象地对官场做了揭露和讽刺。这首风筝诗是一首借物抒情诗，诗人借风筝表达了对身居高位的隐忧和担心。此诗形象地描述了风筝飞翔的姿态、命运和世人的态度，风筝借风势飞入高空，世人还以为它是羽毛丰满完全的禽鸟呢！即使是绳子断了，也可以在天空中飘摇一段时间。但是它总有落地的时候，那时候落入深泥之中，是没有人会怜惜的。诗人通过对风筝命运的感叹，表达了他身处官场的清醒意识，写出了作者隐隐约约的那种高高在上的危机感，无人可以诉说、帮助的寂寞感，以及对未来命运的悲观感。同时，暗含了对于那些高高在上的人失去了自我的一种叹息。

访曲江胡处士

唐·刘得仁

何况归山后，而今已似仙。
卜居[1]天苑[2]畔，闲步禁楼[3]前。
落日明沙岸[4]，微风上纸鸢。
静还林石下，坐读养生篇[5]。

【注释】

[1]卜居：选择居处。
[2]天苑：天子的御苑。
[3]禁楼：宫苑中的楼台。
[4]沙岸：用沙石等筑成的堤岸。一指沙滩。
[5]养生篇：即《庄子·养生篇》，诗人以此来表达不为世俗所羁绊的心境。

【赏析】

该诗通过对曲江胡处士归山后怡然自得的生活方式的描写，表现了诗人对不为世俗所羁绊的生活心境的向往。归山后居住在仙境般的环境中，落日的余晖照在沙堤上，风筝在微风中徐徐飞上天空，在静谧的树林中的石头上坐着诵读《庄子·养生篇》，仿佛超越了古今的障碍，与古人进行心与心的交流。诗中“落日明沙岸，微风上纸鸢”两句对仗工整，描绘了一幅色彩鲜艳、秀丽美妙的画面，其中风筝作为诗人所向往的超凡脱俗的生活里的点缀，表现了它在空中飞翔时悠然自得的一面。

寒食日早出城东

唐·罗隐[1]

青门[2]欲曙天，车马已喧阗[3]。

禁柳[4]摇风细，墙花拆露鲜。
向谁夸丽景，只是叹流年。
不得高飞便，回头望纸鸢。

【注释】

[1]罗隐(833～909年)：字昭谏，余杭(今浙江余杭)人。本名横，20岁应进士举，十次不中，遂改名罗隐。自号江东生。唐代文学家，著有诗集《甲乙集》10卷等。

[2]青门：汉长安城东南门。本名“霸城门”，因其门色青，故俗呼为“青门”或“青城门”，此处泛指京城东门。

[3]喧阗(tián)：喧哗热闹。

[4]禁柳：宫中或禁苑中的柳树。

【赏析】

这首诗通过对人们春游景象的描写，抒发了诗人时光流逝的感慨，也表达了他对自由飞翔的风筝的向往。该诗首先描述了春天人们争相踏青郊游的盛况，美丽的春光令人陶醉。“禁柳摇风细，墙花拆露鲜”，泛着新绿的柳枝在春风中轻轻摇摆，新鲜娇嫩的花儿上面闪烁着晶莹的露珠。但诗人并没有沉醉在这美景中，而是感慨时光一年一年地流逝，美景虽然依旧，而欣赏美景的人却已不同。诗人在感慨时光流逝之时，也找到了自我宽慰的方法，“不得高飞便，回头望纸鸢”，放风筝能够让诗人在感受到高飞时的潇洒和快乐。诗人在最后借物抒情，通过放飞的风筝寄托自己所向往的不受世俗羁绊的理想生活。

纸　鸢

北宋・寇准[1]

碧落[2]秋方静，腾空力尚微。
清风如可托，终共白云飞。

【注释】

[1]寇准(961～1023年)：字平仲，北宋政治家、诗人，华州下邽(今陕西渭

南)人。宋太宗太平兴国五年(980 年)进士。淳化五年(994 年)为参知政事,其政治才能深得宋太宗赏识。知巴东县。曾任同中书门下平章事。契旦入侵,力主宋真宗亲征,定下澶渊之盟,稳定了局势。后被王钦若排挤罢相,复为相,封莱国公。后遭丁谓等陷害遭贬,远徙道州、雷州。宋仁宗天圣元年(1023 年)病死于雷州,谥号忠愍。有《寇忠愍公诗集》传世。

[2]碧落:道家认为东方第一层天碧霞满空,称"碧落"。后来泛指天上(天空),如白居易《长恨歌》诗有"上穷碧落下黄泉,两处茫茫皆不见"之句。

【赏析】

该诗虽题名为《纸鸢》,但诗中却不见"纸鸢"二字,甚至也看不到纸鸢的形象。诗人意在借物写景,状景抒怀。前句写环境气氛和眼前所见:初秋晴朗的天空,风力还不大,风筝难以升空高飞。后句遐想抒怀,借风筝只有凭借风方可傍云而飞的现象,抒发人事腾达还需有所依托的感叹。这首诗借物抒怀,表达了诗人愿为国家效力的思想感情。

这首诗通过拟人化的手法,描述了风筝渴望借助清风飞翔的理想,以表达诗人渴望得到重用以实现远大抱负的心愿。假若清风(喻统治者)真可以作为自己终身的托付的话,那么诗人何尝不想为国家奉献毕生的力量,而心始终是如同白云一样皎洁呢!本诗意境优美,格调清新,富有诗情画意,既描写了风筝的姿态,又避免了风筝在世人心目中轻狂无根的形象,同时表达了诗人高远清洁的志向。诗作思想境界颇高,艺术表现上也相当成功。

观放鹞子

北宋·梅尧臣[1]

白晳少年子,秋郊背苍隼[2]。
日暖饥目开,微风双翅紧。
草际鸣鹑[3]声,蒿间黄雀窘。
下鞲[4]诚必获,得俊还复哂[5]。
碎脑此非辜,食肉尔何忍。
取乐在斯臾,我心良恻悯。

【注释】

[1]梅尧臣(1002～1060年):字圣俞,宣州宣城(今属安徽)人,世称宛陵先生(宣城古称宛陵),北宋著名诗人。皇佑三年(1051年)赐同进士出身,官至尚书都官员外郎。早年诗作受西昆体影响,后诗风转变,摒弃了浮艳空洞的诗风,提倡"平淡邃美"的艺术境界,与欧阳修、苏舜钦齐名,并称"梅欧""苏梅",著有《宛陵先生集》60卷,刘克庄在《后村诗话》中称其为宋诗的"开山祖师"。

[2]苍隼:亦称"鹘",鸟类的一科。翅膀窄而尖,上嘴呈钩曲状,背青黑色,尾尖白色,腹部黄色。饲养驯熟后,可以帮助打猎。

[3]鹑:鹌鹑的简称。

[4]鞲(gōu):清段玉裁《说文解字》注:"鞲,臂衣也。各本作射臂决也,误甚。决箸于右手大指,不箸于臂。今依《文选・答苏武书》注正。"又见元无名氏《衣袄车》第一折:"则我这剑戟藏收,臂无锦鞲,衣袍旧。"由此可知,"鞲"字为"革制皮套"之义。本诗中可以看作"鞲"的引申义,意为捕鸟的机关。

[5]哂(shěn):讥笑。

【赏析】

梅尧臣的诗歌讲究平淡,这首诗以非常平实的手法描写了放风筝的整个过程,并真实展现了作者的心理活动。放风筝的人是一个面色白皙的少年,可见并非一般人家的子弟。将风筝制作成鹰的形状是很普遍的一种做法,因为鹰是飞翔在高空苍穹的禽鸟之中最富搏击姿态的一种,是一个富有传统文化意味的象征形式。"日暖"两句是描写风筝的姿态的,这里诗人已经把它想象为真实的鹰了,所以有"饥目"之说,生动地展现了鹰的精神。一个"紧"字,也表现了鹰搏击苍穹的力度和壮美。当鹰翱翔在高空之时,鹌鹑和黄雀只能在蒿草之间流连,显得是多么的逊色。但是由于这只鹰并非真正的"鹰",所以只要设好机关,是很容易擒获的。因为那本来就不是真正的鹰,所以"碎脑""食肉"就都是想象之辞,借以表达作者的"恻悯"之心。整首诗构思巧妙,以形象的笔触展现了放风筝的过程和其中的乐趣。

风鸢

北宋·王令[1]

谁作轻鸢壮远观，似嫌飞鸟未多端[2]。
才乘一线凭风去，便有愚儿仰面看。
未必碧霄因可到，偶能终日遂为安。
扶摇[3]不起沧溟远，笑杀鹏抟似尔难！

【注释】

[1]王令(1032～1059年)：字逢源，北宋诗人。原籍魏郡元城(今河北大名)，5岁丧父母，随其叔祖王乙居广陵(今江苏扬州)。长大后在天长、高邮等地以教学为生，有治国安民之志。但他不愿屈于科举之路，放弃了仕进的机会。至和二年(1053年)，王安石由舒州通判被召进京，路过高邮，他赋《南山之田》诗求见。王安石大喜，誉其“可以任世之重而有功于天下”(《王逢源墓志铭》)，并将其妻妹嫁给他。王令年仅28岁卒，王安石在《思逢源》中有“妙质不为平世得，微言唯有故人知”之句，对他的才高命短、未展报负表示了深深的惋惜。王令的诗受韩愈、孟郊、卢仝、李贺的影响较深，构思新奇，造语精辟，气势磅礴，意境奥郁。王令诗文由其外孙吴说编为《广陵集》，未刊行，近代始有嘉业堂刻本。上海古籍出版社1980年新版《王令集》，即据嘉业堂本校点，诗赋文21卷。另有《拾遗》《附录》《年谱》等。

[2]多端：指风筝的样子多种多样，姿态各异，相比起鸟来，是要多得多。

[3]扶摇：自下盘旋而上的暴风。《庄子·逍遥游》：“鹏之徙于南冥也，水击三千里，抟扶摇而上者九万里，去以六月息者也。”

【赏析】

这首诗以拟人化的手法表现了风筝飞上高空时复杂的心态，蕴含了诗人对人生的深刻感悟。首先，诗人通过风筝与飞鸟的对比，展现了风筝在空中骄人的姿态。“谁作轻鸢壮远观，似嫌飞鸟未多端”，轻盈的风筝在浩瀚的苍穹中飞舞，天空飞翔的鸟儿难以与之相媲美。有风筝线牵引的风筝飞在空中姿态骄人，变化多端，备受世人的瞩目，“才乘一线凭风去，便有愚儿仰面看”。虽然风筝未必能飞上云霄，但有时也能在空中安稳地飞翔终日。传说中“抟扶摇而上者九万里”的大鹏，也难以拥有着风筝的轻松自如。诗人通过风筝与飞鸟、大鹏的对比表现了风筝特有的美，从而表达了作者对风筝的喜爱之情，同时，诗人借风筝飞翔时轻松自如、丰富多彩的姿态表达了自己对自由自在、悠然自得生活的向往。

观村童戏溪上

南宋·陆游[1]

雨余溪水掠堤平，闲看村童谢晚晴[2]。
竹马踉蹡冲淖[3]去，纸鸢跋扈[4]挟风鸣。
三冬暂就儒生学，千耦还从父老耕。
识字粗堪供赋役，不须辛苦慕公卿。

【注释】

[1]陆游(1125～1210 年)：字务观，自号放翁，越州山阴(今浙江绍兴)人。29 岁参加进士考试，名在前列，却因触犯奸臣秦桧而被除名。孝宗时，被赐进士出身，历任夔州通判、提举江南西路常平茶盐公事、权知严州等地方官，还参赞王炎、范成大幕府军事，后来做过朝议大夫、礼部郎中。65 岁那年罢官，即回老家山阴闲居，终年 86 岁。南宋四大家之一，有《剑南诗稿》《放翁词》等传世。

陆游一生创作诗歌很多，今存 9000 多首，内容极为丰富，概括起来主要包括两类：一类是悲愤激昂，要为国家报仇雪耻，恢复中原，解救被置于水深火热中的人们的诗篇。这一类作品充满了强烈的爱国主义情感。另一类作品是闲适诗，这类作品是诗人在长期乡居生活基础上创作的大量写实风格的农村诗，其内容包罗南宋江南农村生活的方方面面，内容十分丰富。这一类诗不仅表现了诗人对老百姓生活的关心与热爱，也表现了诗人淡泊宁静、不为功名利禄所束缚的人生境界。

[2]晚晴：傍晚晴朗的天色。

[3]淖(nào)：烂泥，泥沼。

[4]跋扈(hù)：专横暴戾。

【赏析】

本书所选陆游的 6 首诗都为诗人闲居家乡山阴时所作。诗人晚年退居山阴后，虽然爱国热情依然炙热，但由于环境改变、年衰体弱，所以常以淡泊宁静、超然物外的道家思想面对生活。诗人在这一时期创作的诗歌以田园生活为题材，表现了田园生活的种种情趣，也蕴含了诗人对田园生活的赞美之情。这六首诗以当时的民俗生活为表现对象，对人们喜爱的娱乐方式——放风筝从不同的角度进行了生动的展示。

这首诗描述了溪边儿童快乐嬉戏的场景，表现了诗人看到这一景象之后的生活感悟。宋代儿童游戏多种多样，十分丰富。该诗写了两种游戏：一是骑竹马；一是放风筝。竹马在地面上奔跑，跑来跑去，晃晃悠悠，连人带“马”冲进了烂泥塘里，好不扫兴；风筝在空中飞舞，左摇右摆，又飞又叫，好不骄横。值得关注的是，诗人写风筝与风的关系时，手法与众不同，他不说风筝凭借风力而飞，却说风筝挟持大风在空中飞扬跋扈。在这里，作者把风筝作为主体，视它为生灵，真是把个风筝写活了。在这首诗中，诗人仿佛成了儿童中的一员，感受到了玩耍时的种种乐趣。

诗作的后四句将表现的重点由村童转到了成年人，三冬农闲时节去读书，农忙时节则下地干活。识字而不必汲汲于功名利禄，种田还能应付赋税和劳役，除此之外则可以自由自在地享受生活了，而不用像公卿士大夫一样辛苦。诗作所描述的农村老百姓的理想生活，也是诗人所期盼的生活理想。整首诗富有生活情趣，其中的生活感悟体现了诗人超然的生活境界。

新秋感事

南宋·陆游

江上清秋昨夜回，渔扉正对荻[1]洲开。
志存天下食不足，节慕古人谗愈来。
风际纸鸢那解久，祭余刍狗[2]会堪哀。
萧然散发听秋雨，剩领新凉入酒杯。

【注释】

[1]荻(dí)：多年生草本植物，生在水边，叶子长形，似芦苇，秋天开紫花，茎可以编席箔。

[2]刍狗：古代祭祀时用草扎成的狗。

【赏析】

陆游的《新秋感事》共有2首，该诗为其中一首。该诗表现了诗人“志存天下”的远大抱负，抒发了他抱负难以实现的悲凉心境。诗人在秋风秋雨愁煞人的季节，坐在江上的渔船上，透过窗户看到对面长满芦笛的小洲，心里充满惆怅。诗人怀有救治天下的抱负却不能实现，多么仰慕为天下人做出贡献的古人，也希望将来自己也能像古人一样有所作为。即使是天际飞舞的风筝也不能消解诗人心头的忧愁，好像祭祀用的刍狗也感到了诗人的悲哀。在这样一个萧索的环境中，诗人的忧愁怎样排解呢？只有倾听着外面的雨声借酒浇愁。诗人的悲凉心境难以消解时，诗中提到的风筝便是诗人放松心情的娱乐方式。虽然风筝不能完全帮助诗人彻底解脱，“风际纸鸢那解久”，但至少可以让诗人得到暂时的解脱。

春日杂兴

南宋·陆游

小甔[1]有米可续炊，纸鸢竹马看儿嬉。
但得官清吏不横，即是村中歌舞时。

【注释】

[1]甔(dān)：坛子一类的瓦器。

【赏析】

陆游的《春日杂兴》共有12首，该诗是其中一首。这首诗描绘了村中欢乐幸福的生活场景。诗人通过儿童骑竹马、放风筝、相互嬉戏的欢乐场景，表现了老百姓朴实的生活方式。从老百姓的立场出发，提出了“但得官清吏不横，即是村中歌舞时”的观点。诗人将放风筝作为表现欢乐场景的主要方式，从侧面反映了放风筝作为一种娱乐方式，已深入到千家万户，具有很强的普遍性。

村居书事

南宋·陆游

文辞苦思徒妨睡，官职虚名不疗饥。
垂老始知安乐法，纸鸢竹马伴儿嬉。

【赏析】

陆游的《村居书事》共有11首，此为其中一首。该诗通过对过去汲汲于仕途的生活的反思，表现了诗人回归田园生活的喜悦心情。和放风筝、骑竹马的儿童在一起嬉戏、游玩，是诗人所体验到的“安乐法”，其中所享受到的欢乐心情是其他任何一种生活方式都无法体会到的。该诗中“纸鸢竹马伴儿戏”与《春日杂兴》中“纸鸢竹马看儿嬉”，两句诗大同小异，集中体现了诗人所向往的田园生活。

山园杂咏

南宋·陆游

春光何止二分空，寒食都无数日中。
密叶成阴花寂寂[1]，旧巢添土燕匆匆。
纸鸢收线愁风恶，秧马[2]掀泥喜雨蒙。
堪叹今年衰更甚，苍颜纵醉不成红。

【注释】

[1]寂寂：形容寂静。

[2]秧马：古代农民拔秧时所坐的器具。形如船，底平滑，首尾上翘，利于在秧田中滑移。

【赏析】

陆游的《山园杂咏》共有5首，此为其中一首。这首诗通过对春日景象的描绘，抒发了诗人对春光流逝、人生苦短的感慨。诗中描述了暮春时节的田园风光，绿树成荫，燕子忙忙碌碌地衔泥筑巢，人们在蒙蒙细雨中忙着插秧。初春时节享受春光时的那份轻松、欢快不见了，到处呈现出一片繁忙的景象。到了暮春时节，春风愈来愈强，放风筝作为人们踏青娱乐的主要方式，也就不适宜了。“春光何止二分空”，一个“空”字表现了诗人对春光流逝的强烈感觉。诗人在这样的暮春时节，不自觉地引发了春光流逝、人生苦短的感叹。这首诗中“纸鸢收线愁风恶”一句，从侧面表明风筝放飞适宜的季节和环境。

题斋壁

南宋・陆游

稽山[1]千载翠依然，着我山河一钓船。
瓜蔓水平芳草岸，鱼鳞云亲夕阳天。
出从父老观秧马，归伴儿童放纸鸢。
君看此翁闲适处，不应便谓世无仙。

【注释】

[1]稽(jī)山：会稽山的省称。

【赏析】

陆游的《题斋壁》诗共有20首，此为其中一首。该诗生动地展现出了诗人悠然自得的田园生活。诗人生活的环境山清水秀，心境闲适悠然。有时一个人划船去领略大地山川的美景，有时跟随父老乡亲去田间劳作，有时则与嬉戏的孩子们放风筝，完全摆脱了世俗的束缚和官场的羁绊，仿佛过着神仙般的日子。该诗集中描绘了诗人所向往的理想生活的状态，而“归伴儿童放纸鸢”则是诗人享受生活的最佳方式。诗人数首诗中多次提到与孩子一起放风筝，表明了放风筝对人们身心健康是大有裨益的。

清明日狸渡道中

南宋·范成大[1]

洒洒沾巾雨，披披[2]侧帽风。
花燃山色里，柳卧水声中。
石马[3]当道立，纸鸢鸣半空。
墦[4]间人散后，乌鸟[5]正西东。

【注释】

[1]范成大(1126～1193年)：字致能，号石湖居士。平江吴郡(今江苏吴县)人。南宋诗人。著有《石湖居士诗集》《石湖词》等。

[2]披披：飘动、散乱的样子。

[3]石马：石雕的马。古时多列于帝王及达官墓前。

[4]墦(fán)：坟墓。

[5]乌鸟：乌鸦之属。

【赏析】

此诗描绘了清明时节的田野景象，表现了当地的民风民俗。在这一景象中，细雨蒙蒙，春风吹拂，山中的花儿竞相开放，好似山中燃烧的火焰，水声淙淙，柳枝轻拂着水面。在这美丽的春光中，书生们在潇洒地游春，享受着大好春光。同时这也是一个祭祀亡故之人的时节，墓碑前的人们渐渐离去了，风筝在空中翱翔争鸣，乌雀们却在坟间啄食祭品。如此哀欢相映，可见清明是一个极具特色的节日。这首五律有如广角镜头，摄下了清明春野的全景，场景中花红柳绿，色彩鲜艳，山与水相互映衬，人与鸟共享春光，风筝作为人们交友踏春的娱乐方式，自然也必不可少。整首诗形象生动地呈现出了春天的特色。

纸鸢

金·石抹世绩[1]

鸱鸢雕鹗谁雌雄，假手成形木自同。
果物戏人人戏物，为风乘我我乘风。
扶摇漫拟层屑上，高下都归半纸中。
儿辈呶呶[2]方竚目[3]，岂知天外有冥鸿[4]！

【注释】

[1]石抹世绩(？～1234 年)：字晋卿，一字景略，契丹人。曾任太常丞、左司郎中、礼部侍郎、礼部尚书兼翰林侍讲学士等职。

[2]呶(náo)呶：指人没完没了地讲话，惹人讨厌。

[3]竚(zhù)目：长时间站着看。竚，同"伫"。

[4]冥鸿：高飞的鸿雁。

【赏析】

这首诗立意在最后两句，抒发了"岂知天外有飞鸿"之感慨。风筝是"假手成形"的产物，徒有其形而无其实，正是造化弄人的表现，因此作者发出了"果物戏人人戏物"的慨叹，也正是风筝在人掌握而不能自主的生动体现。人生的命运何尝不是如此呢？是我乘风，还是风乘我呢？一切似乎都不确定，缺乏实际的感觉。而风筝即使飘摇到九霄云外，最终也还是虚幻的，那些放风筝的极为尽兴的儿童，他们未经历人生的磨难，对于生活还没有一个深入的了解，他们又怎么知道，世界上还有一种超脱于世俗生活之外而拥有真正自由的天外飞鸿呢！

这首诗是一位饱经风霜的人的一种深沉的感慨，也间接地表明了自己的志向，意味深远。

风　筝

金·完颜允恭[1]

心与寥寥太古通，手随轻籁入天风。
山长水阔无寻处，声在乱云碧空中。

【注释】

[1]完颜允恭(1146～1185 年)：本名胡士瓦，更名允迪，金世宗之子，金章宗之父。始封楚王，初立为皇太子，崩，谥宣孝，追谥光孝皇帝，庙号显宗。工诗善画，留心学问，所作不俗，颇见才气。

【赏析】

历来风筝诗都免不了写到它的局限和束缚，但是完颜允恭的这首《风筝》诗却写得非常潇洒，写出了风筝心在天外而不落流俗的姿态。作者首先以万物相通的视角道出了风筝是万物之一种，故“心与廖廖太古通”，所以能够乘风而游，直入云霄，从而表现了风筝无比洒脱的精神，也隐隐寄托了作者不为世俗所拘束的精神，意格是非常高的，透露出诗人那种待时以一飞冲天的思想抱负。

壬辰十二月车驾东狩后即事

金·元好问[1]

翠被葱葱见执鞭，戴盆[2]郁郁梦瞻天。
只知河朔归铜马，又说台城堕纸鸢。
血肉正应皇极[3]数，衣冠不及广明年。
何时真得携家去，万里秋风一钓船[4]。

【注释】

[1]元好问(1190～1257 年)：字裕之，号遗山，秀容(山西忻州)人，祖先为北

魏拓跋氏。他博学经传，贯汇百家，是金代非常有名望的大学子，优秀诗人，人称“元才子”。金时曾官至尚书省左司员外郎。晚年开始著书立说，在史学和文学方面都作出了重大贡献。

元好问辑成《中州集》10卷。《中州集》汇集金代249人诗词2259首，对每个作者都撰有小传，讲述了他们的主要事迹，有时元好问还对他们的诗进行评论。元好问为各个诗作者撰写的小传贯穿了整个金代历史，亦可作为一部传记体的金史总汇流世。这些小传中有很多被元修《金史》所采用，有的略作删削移用，有的甚至原文照录，直到今天，《中州集》仍是一部反映金代历史的重要传记体史书，为金史的研究提供了宝贵的资料。

[2]戴盆：将盆覆戴在头上，此处表示郁郁葱葱难以看见天空。

[3]皇极：帝王统治天下的准则。

[4]钓船：渔船。

【赏析】

该诗是诗人壬辰十二月车驾东狩后即事诗五首中的第一首。诗人在这首诗中描述了狩猎的场景，借景抒情，抒发了他对战事的感慨，表现了他对“万里秋风一钓船”的超然生活的向往。在树冠如盖、难以见天日的树林里策马打猎，诗人对发生的战事大发感慨。在这样一个战事频繁的日子里，不是占领黄河北岸，就是台城又出现了新的情况。战争中血肉横飞，有多少人战死沙场。老百姓衣衫褴褛，过着越来越穷困的生活。面对眼前的战争，诗人不由得发出这样的感慨：何时才能带着一家老小离开这里，远离战争，去过一种清风明月、独自垂钓的生活？

风筝并不是这首诗描绘的重点，但从侧面表现了风筝在战事中举足轻重的地位。最初风筝是作为军事工具而出现的，用于三角测量信号、天空风向测查和通讯的手段。如春秋时期，鲁班“制木鸢以窥宋城”。直到东汉蔡伦发明造纸术后，坊间才开始以纸做风筝，称为“纸鸢”，放风筝逐渐成为人们娱乐的方式。金朝末年，京城被蒙古兵围困，金人放纸鸢以传递文书。通过这首诗反映了后人对风筝传统功能的传承与发展。

纸　鸢

宋·宋伯仁[1]

弄假如真舞碧空，吹嘘[2]全在一丝风。
唯惭尺五天将近，犹在儿童掌握中。

【注释】

[1]宋伯仁(1199～?)：字器之，小字忘机，号雪岩，湖州(今属浙江)人。曾举宏词科。理宗绍定六年(1233年)，监泰州拼桑鹾场。嘉熙元年(1237年)，寓居临安，北游淮扬，复卜居临安之西马塍。与高翥、孙惟信等人有交往。有《雪岩吟草》《梅花喜神谱》等传世。清同治《湖州府志》卷七四有传。

[2]吹嘘：指风筝飞起时需借助风力的吹动。

【赏析】

宋伯仁这首诗，写出了风筝在天上虽然逍遥，但毕竟不是真像飞禽一样振翅高空，随意而自如。它飞上天空，全凭借着一丝微风，风太大了不行，太小了也不行。即使是飞到离天只有一尺半尺这样高的高度，还是免不了在人(儿童)的掌握之中，并不能自己掌握自己的命运。因此，风筝在天空中自由自在逍遥悠游的姿态，毕竟是不真实的。人生又何尝不是如此呢？有的时候以为自己追求的是值得追求的东西，但是放开眼光来看，实际上并不能自己掌握自己的命运，这样的人生无疑是可悲的。诗在这样的层次上，给我们一个很好的启示。

临江仙·风鸢

宋·侯蒙[1]

未遇行藏[2]谁肯信，如今方表名踪。无端[3]良匠画形容[4]。当风轻借力，一举入高空。　　才得吹嘘身渐稳，只疑远赴蟾宫[5]。雨余时候夕阳红。几人平地上，看我碧霄中。

【注释】

[1]侯蒙(1054～1121 年):字符功,密州高密(今属山东)人。元丰八年(1085 年)进士,调宝鸡尉,知柏乡县,徙襄邑。擢监察御史,进殿中侍御史。政和六年(1116 年),为中书侍郎。次年十月,罢知亳州,徙知东平府,未赴而卒,年六十八,谥文穆。《宋史》卷三五一有传。

[2]行藏:"行""藏"两字复合义而重在"藏"字义,"行"指出来作为,"藏"指待时而动。

[3]无端:语意双关,既指没有来由,又暗指其人没有品行。

[4]画形容:侯蒙 31 岁始登第,有轻薄子画其形于纸鸢以讥之,此即指该事。

[5]蟾宫:即月宫。隐寓蟾宫折桂,科举时代比喻应考得中。典出《晋书·郤诜传》:"武帝于东堂会送,问诜曰:'卿自以为如何?'诜对曰:'臣鉴贤良对策,为天下第一,犹桂林之一枝,昆山之片玉。'"

【赏析】

本词在《全宋词》卷一、南宋洪迈《夷坚志·甲志》卷四、明代蒋一葵《尧山堂外纪》卷五十六、清代王弈清《历代词话》卷六等书俱载。《夷坚志·甲志》卷四侯元功词曰:"侯中书元功蒙,密州人。自少游场屋。年三十有一,始得乡贡。人以其年长貌倪寝,不加敬。有轻薄子画其形于纸鸢上,引线放之。蒙见而大笑,作临江仙词题其上……"

侯蒙中进士后,有轻薄之徒将他的样貌画在风筝上(他的长相比较难看),来讥笑他妄想一步登天,因此他写了这首词作答。这种情形不由得使人想起唐人孟郊。孟郊直到 46 岁才中进士,写有一首《登科后》的诗形容当时的心情:"昔日龌龊不足夸,今朝放荡思无涯。春风得意马蹄疾,一日看尽长安花。"可谓快意!侯蒙的这首词可谓有异曲同工之妙。第一句开门见山地指出,在还没有施展自己的抱负之前,有谁肯相信自己有这个实力呢?直到今天,我才显示出自己的真正面貌呢!趁着风力,一举到了高空,那也是去蟾宫折桂,在刚下过雨的夕照之中,那些放风筝的人,有多少看着我在青天之上,而只能仰望羡慕呢!本词写来毫无轻薄之态,相反,借助着风筝一向不佳的声名,突出了其遨游天空的特征,给予讽刺他的人以温而不怒的回击,可谓恰到好处。古今的风筝诗词之中,像这样富有传奇色彩的,也只有侯蒙的这一篇作品而已!

【双调】水仙子·喻纸鸢

元·无名氏

丝纶长线寄天涯，纵放由咱手内把。纸糊披就里没牵挂[1]。被狂风一任刮，线断在海角天涯。收又收不下，见又不见他，知他流落在谁家。

【注释】

[1]指风筝徒有外表而无内心，故无牵挂。

【赏析】

这是一篇元散曲(小令)，见《全元散曲》。这首小令的意蕴较为单纯，写出了风筝从放飞到流落天涯的情状，使人发出不尽的感慨。开篇写风筝虽然可以放到天涯海角，但是命运却始终掌握在人的手里。放风筝的人始终记挂着它的去向，但是风筝徒有其表而无内心的情感，因此它倒是没牵没挂的好自在！不知什么时候被狂风刮断了线，收也收不回来，见也见不到了，谁知道它流落在哪里呢？对于风筝命运的感慨，或许不无作者自身的寄寓，这却是不得而知了。曲中所流露的惘惘然的意绪，却是可以明显感觉得到的。

西湖春日壮游即事并序

元·马臻[1]

豪家游赏占船头，趁得风轻放纸鸢。
手拍丝纶争上下，一时回首看青天。

【注释】

[1]马臻(1254～约1318年)：字志道，号虚中，钱塘(浙江杭州)人，为宋、元之际颇有成就的诗人、画家。著有诗集《霞外诗集》10卷。他少慕陶贞白，曾着道士服，隐于西湖之滨。南宋灭亡后，遂出家入道。

【赏析】

本诗见清代顾嗣立编选的《元诗选初集·壬集》，是《西湖春日壮游即事》组诗24首之一。该诗描写了西湖春日豪富之家在船上放风筝的情景。春日的西湖是人们饱览春光的好去处，豪富之家在船上放风筝也成为其中一景。在微微吹拂的春风里放飞风筝，大家比试看谁的风筝放得高，没过多久，风筝就冉冉升上了天空。在湛蓝的天空中，高飞的风筝将春天点缀得更美丽。此诗可作一短景小幅的画作看，惟妙惟肖地写出了放风筝的生动姿态。

风筝诗十一首

元·谢宗可[1]

一

孤骞[2]稳驾剡溪[3]云，多少儿童仰羡频。
半纸飞腾元在己，一丝高下岂随人。
声驰空碧东风晓，影度遥天化日春。
谁道致身无羽翼，回看高举绝红尘。

【注释】

[1]谢宗可：元人，生平不详。《四库全书总目提要》卷一百六十八"集部"二十一云："宗可自称金陵人，其始末无考。相传为元人，故顾嗣立《元百家诗选》录是编于《戊集》之末，亦不知其当何代也。"录其所作《咏物诗》一卷（浙江鲍士恭家藏本）。清乾隆辛亥年刻有其《咏物诗》两卷。《风筝十首》（即后十首）摘自卷下。

[2]骞：高举，高升，升起。

[3]剡（shàn）溪：在浙江嵊县，为曹娥江上游。南朝刘义庆《世说新语》记载晋人王徽之居会稽（今绍兴）时，雪夜泛舟剡溪，访戴逵（字安道），至其门而返。人问其故，他说："本乘兴而来，兴尽而返，何必见安道耶！"这个地名，在古人的诗歌中常可以见到。

【赏析】

谢宗可的这首风筝诗写出了风筝高绝红尘，超然世外的大好姿态，体现了一种逍遥的情怀，加之剡溪这样一个放风筝的大好地方，就更显得悠然自在。更为重要的是，诗人替风筝道出了“半纸飞腾元在己，一丝高下岂随人”的独立自由的精神，这当然也是诗人自己的精神写照。可见在一定程度上，风筝或人都要力争掌握自己的命运，而不是让外在的别的因素占据了主要地位，从而使自己成为随波逐流的可怜虫。“谁道致身无羽翼，回看高举绝红尘”则揭示了风筝善于假借的存在方式，这无疑对于那些想有所成就、有所作为的人而言，也有相当的启发作用。

二

凭依片纸得天飞，何故声扬欲作威。
瘦骨几茎徒远举，柔丝千尺总危机。
云晴日暖春初好，雨骤风狂事渐非。
高树上林须引避，牵缠到底不能归。

【赏析】

该诗一改前首诗中风筝超然物外的姿态，而是用辛辣的笔触表现了风筝的弱点。风筝实质上只是一张纸而已，凭借风力飞上天，没有资本可以耀武扬威。风筝的架子是纤细的，牵引的绳子也如丝般纤弱，飞入空中的姿态虽然美妙，但时时伴随着危机。春天晴朗的日子放风筝还较为适宜，但“雨骤风狂”之时是不行的，且放风筝需避开树木，否则“牵缠到底不能归”。整首诗语言简练明了，但寓意深远，诗人借风筝之事讽刺了社会上德能浅薄而趋炎附势之人，具有很强的现实意义。

三

半纸浮名寄太虚，御风列子[1]竟谁如。
高从自致非攀附，道在因时作卷舒[2]。
声澈瑶京[3]传凤吹，影飘仙侣曳霞裙。
一丝不挂儿童手，浪迹天涯乐有余。

【注释】

[1]御风列子：乘风飞行的列子。《庄子·逍遥游》：“列子御风而行，泠然善也。”

[2]卷舒：卷起与展开。

[3]瑶京：繁华的京都。

【赏析】

这首风筝诗表现了风筝飞翔时潇洒自如的神态和浪迹天涯的乐趣。飞入“太虚”的风筝虽然只是半张纸，但有着御风列子无法比拟的乐趣。风筝飞得高但不需攀附任何事物，只需要随风势而摇曳飞舞。风筝发出的哨声响彻于天地之间，美妙的身姿在天空中翩翩起舞。而最有乐趣的则是挣断了丝线的风筝，浪迹天涯，自由自在地享受着无穷的乐趣。诗人借风筝之事展现了一种超凡脱俗、遗世独立的生活态度，从侧面也表现了风筝给人们带来的身心愉悦。

四

自负云霄早致身[1]，安排线索靠他人。
摩天手段乘风展，掉尾[2]精神逐日新。
暂耸观瞻喧里巷，终嗟破碎委埃尘。
牵来拽去成何用，骤雨淋头断送春。

【注释】

[1]致身：《论语·学而》：“事父母能竭其力，事君能致其身，与朋友交言而有信。”原谓献身，后用作出仕之典。此处指风筝将飞上天空作为自己的目标。

[2]掉尾：摇尾。

【赏析】

这首风筝诗客观、冷静地描述了放风筝的整个过程，展现了风筝最终悲惨的结局。风筝将飞上云霄作为自己的志向，飞上天空既可以超越世俗社会，潇洒地飞舞，还可以得到世人的瞻仰，但这一份自由与荣耀的背后是对他人的依赖。春暖花开之时，放风筝作为一种简易的娱乐方式，备受人们青睐，放风筝的人熙熙攘攘，但风筝风光之后，最终是破碎跌落在尘土之中，在人们的遗弃、狂风、骤雨中结束了自己的命运。这首诗将风筝拟人化，形象地展现了风筝作为人们玩乐的工具所遭遇的命运，蕴含了对心比天高而又难以把握自己命运的人的哀叹与同情。

五

一番春事[1]一番空，放却风筝逐断蓬[2]。
博得飞翔纤指上，逞将声势半天中。
目花轻薄流溪水，学絮颠狂[3]落草丛。
皮骨飘零丝络在，相看拍手笑儿童。

【注释】

[1]春事:特指花事。
[2]断蓬:犹飞蓬,比喻漂泊无定。
[3]颠狂:言谈举止违背常情,放荡不羁。此处指柳絮漫天飞舞。

【赏析】

该诗同样将风筝拟人化,以一个旁观者的角度形象地描绘了风筝短暂的一生。诗人感叹春花飘零,时光流逝,一个"空"字奠定了整首诗的格调。风筝在"一番春事一番空"的春光中,也难免经历由备受青睐到"皮骨飘零"落入草丛的命运。在诗人眼中,风筝被放飞到天空,犹如飞蓬,漂泊无定,看似潇洒自如,在天空中颇有声势,然而最终将如随溪水而去的落花,如漫天飞舞的柳絮,跌落在草丛之中。风筝飞入天空给人们带来了欢乐,风筝跌落之后却得不到人们的爱惜与同情,其"皮骨飘零"之后留下的空架子成为孩子们嘲笑的对象。诗人将自己对人生的感悟融入了风筝的一生,通过风筝来表达自己对生活的参悟。

六

共仰高风[1]不可攀,几回放去便收还。
丝纶何必全设施[2],骨相从知避险艰。
飘若素云浮碧汉,翩然白鹤度青山。
春光远览应无限,勘破[3]飞腾只等闲[4]。

【注释】

[1]高风:强劲的风。
[2]设施:安排,布置;行事。
[3]勘破:犹看破。
[4]等闲:寻常,平常。

【赏析】

这首诗是以一种豁达的生活态度展现了风筝远览无限春光的气度、智慧和风采。与上两首表现风筝受牵制的被动命运不同,该诗将风筝作为一个可以把握自我命运的形象来塑造。放风筝的人面对强劲的风犹豫不决时,风筝认为自己完全有能力应对各种艰险。风筝不仅有应对艰险的智慧、能力,而且在空中自由飞翔，摆脱羁绊与束缚，如白云，如白鹤，遍览无限春光。诗中塑造的风筝形象蕴含着诗人豁达开朗的性格，也表现了诗人超然世外的人生态度。

七

蓦地翻空在眼前，糊涂片纸任高骞[1]。
看来爷面人无限，避去全身雨满天。
直上难防抛瓦坠，暗中返照带灯燃。
春风催促清明到，栖止园林没挂牵。

【注释】

[1]高骞：高举，高飞。

【赏析】

这首风筝诗描写了风筝飞翔时遭遇的各种艰险，最终“栖止园林”方可安心享受生活。风筝任凭人的摆布，糊里糊涂地飞上天空，狂风、骤雨、空中其他的东西都会给它带来灭顶之灾。而最终飘落下来，被人们所遗忘，才是风筝最好的归宿。诗人采用拟人化的手法，将人的一生融入到风筝中，通过风筝短暂的一生形象地展现了人所经历的种种磨难与困境。风筝能够为人所用时，难免受到人的摆布，只有破了、断了线了，才能安心休息。人如风筝，只有寿终正寝，“栖止园林”，才真正地摆脱现实生活的种种羁绊。诗人通过风筝真实地再现了人生的特征，也反映了佛教“苦海无边，回头是岸”观点对诗人的影响。

八

谁解风云继点狂，鸢鱼飞跃见天章[1]。
五丝续命能冲举，一叶横空入混茫。
俯仰尘寰何扰扰[2]，仰探璇宇但苍苍。
神游八极求归宿，斗张虚窗藉纸张。

【注释】

[1]天章：犹天文。指分布在天空中的日月星辰等。
[2]扰扰：纷乱、烦乱的样子。

【赏析】

这首风筝诗以拟人化的手法描绘了飞上天空的风筝眼中的世界及其内心感

受。风筝在天空中高高地飞翔，在丝线的牵引和推动下，颇有一飞冲天的气势，飞入混沌苍茫的太虚之中。风筝超越了纷乱喧嚣的尘世，在苍苍环宇中飞旋探寻，寻求自己的归宿。诗人将自己幻化为高空中飞翔的风筝，用心灵感悟超越世俗生活的那份空阔和清静。但超越的心境无法真正找到现实的土壤，犹如风筝虽然超越了纷绕的尘寰飞入苍茫的天空，但这只是暂时的，风筝只不过一张纸，最终难逃跌落尘寰、被人遗弃的命运。诗人将自己与风筝融为一体，以生动的笔触表达了渴望超越纷扰尘世的期盼。

九

蹴[1]罢秋千斗草慵[2]，纸鸢浮动寄游踪。
翩翩似逐寻巢燕，声响如传度岭钟。
大小随宜俱活跃，高卑无意较腾冲。
卷怀偃息乘春晓，纵尔穿云第九重。

【注释】

[1]蹴(cù)：蹴鞠，即踢球。

[2]慵：困倦，懒得动。

【赏析】

这首风筝诗通过几种娱乐方式的比较，从不同的角度突出了放风筝独有的乐趣。民间有多种娱乐方式，但诗人认为放风筝是大众最为适宜的娱乐、健身的方式。首先，风筝有形有声，给人以鲜明的美的享受。风筝的形象丰富多彩，翩翩飞舞的姿态活泼可爱；声音响彻云霄，悠远悦耳。其次，风筝大小皆宜，不论是大风筝，还是小风筝，各有各的乐趣；不论是大人还是孩子，都可以操作。其三，放风筝是自娱自乐，轻松惬意，风筝不论高低都不存在竞争、比试。可以随顺自己的心愿将风筝放高或放低，在美丽的春光中充分享受这份乐趣。整首诗充分展示了诗人对放风筝的挚爱。

十

空外秦筝[1]何处闻，遥看片片起巫云。
霓裳[2]逶迤飘罗带，翠袖招摇曳练裙。
舞柳飞花呈幻景，和风丽日动星文。
仙真控鹤来蓬阆，相与徊翔趁逸群。

【注释】

[1]秦筝：古秦地(今陕西一带)的一种弦乐器，似瑟，传为秦蒙恬所造，故名。此处指风筝的哨声。

[2]霓裳：神仙的衣裳，又指飘拂轻柔的舞衣。此处用来形容风筝。

【赏析】

这首诗以明快、华丽的笔触描绘了放飞风筝的盛况和美景。该诗先从听觉起笔，风筝上哨音从天际之外传来，抬眼望去看到了如片片白云般的风筝从远处慢慢飘过来。风筝像神仙的衣服，罗带在风中飘舞，绿色的衣袖、白色的裙子在天空中摇曳，仿佛飞舞的春花杨柳，又好像和风丽日中舞动的星象。恍若蓬莱仙境中骑着鹤飞来的仙人，和风筝一起徘徊、飞翔。这首诗极尽渲染了天空中的风筝之美，也表现了放风筝给人们带来的美的享受。

十一

浮游踪迹等云藻[1]，御气凭虚赋物形。
荡荡[2]飞空无阴碍，萧萧[3]委运[4]自清宁。
丝联绳引终须断，律改春归毕竟停。
法界[5]依然舒广望，消除点缀湛青冥。

【注释】

[1]云藻：华丽的文才。

[2]荡荡：飘荡、吹拂的样子。

[3]萧萧：冷落凄清的样子。

[4]委运：随顺自然，听凭天命。

[5]法界：佛教语，通常泛指各种事物的现象及其本质。

【赏析】

在这首诗中，诗人通过风筝参悟人生，表达了自己随顺自然的人生态度。风筝作为人们娱乐的方式，人们将风筝做成多种样子，也赋予它丰富的思想。虽然飞在空中的风筝有着美妙的姿态，体现着人们的寄托与期望，但它作为自然界的事物，却只是听凭天命、随风飘荡的一个简单的事物而已。牵引风筝的丝线最终会被吹断，放风筝也将随着春天结束而结束，天空依然恢复原来清明的样子。整首诗表现了诗人澄明的心境。

看美人放纸鸢七绝五首

明·杨宛[1]

一

共看玉腕把轻丝，风力蹉跎莫厌迟。
顷刻天涯遥望处，穿云佛树[2]是佳期。

【注释】

[1]杨宛：字宛叔，金陵名歌伎。能诗善词，工书法，尤工行楷，朱彝尊在《静志居诗话》中称"能以瘦硬中呈现姿媚"。著有《钟山献正续集》。

[2]佛树：相传释迦牟尼于菩提树下得正觉，故又将菩提树称为"佛树"。

【赏析】

钱谦益所编《列朝诗集》中录有金陵名妓杨宛的《看美人放纸鸢》七绝五首。

这首风筝诗描述女子通过放风筝渴盼一段良缘的美好心愿。在婚姻爱情不自由的年代，女人的命运不能自己主宰，只能是听天由命。这首诗描写了一位妙龄女子放飞风筝的情景，女子放风筝犹如放飞自己的心情，仿佛自己幻化为这只风筝，飞入高空，飞到天涯海角，找到自己心爱的人。这首爱情诗通过放风筝形象地展现了女子丰富、细腻的心理和对美好爱情的期盼。

二

愁心欲放放无由，断却牵丝不断愁。
若使纸鸢愁样重，也应难上最高头。

【赏析】

这首诗是借风筝之事表达女子心头的愁怨。女子愁绪难以排解，放风筝来消解心头的愁绪，然而愁绪却无法随着放飞的风筝而消散。即使丝线吹断，风筝飞走了，愁绪却越来越浓重。如果风筝有着这样的愁绪，想必也难以飞上天空了。这首诗构思巧妙，运用了双关的修辞方式，将难以消解的愁绪与风筝、丝线以及放飞的动作联系起来，对愁绪的渲染与李白诗句“抽刀断水水更流，举杯消愁愁更愁”有着异曲同工之妙，具有很强的艺术感染力。

三

羡伊万里度晴虚，自叹身轻独不如。
若到天涯逢燕子，可能为报数行书。

【赏析】

这首风筝诗将风筝拟人化，通过女子与风筝对话的方式，形象地展现了女子的思念之情。在古代女子的思想备受束缚，而且行动不自由，她们的思念之情只能埋藏在心底。女子看到飞到空中的风筝，羡慕风筝可以自由地飞翔，多么希望自己能够像风筝一样飞到亲人的身边表达自己的思念之情。这首诗塑造了一位远望风筝、任自己思绪飞扬的抒情主人公的形象，语言简洁明了，但颇为传神。

四

薄情如纸竹为心，辜负丝丝用意深。
一自飞扬留不住，天涯消息向谁寻。

【赏析】

这首诗采用比拟的手法，将薄情郎比作风筝，表达了女子无可奈何的悲凉心情。诗中表述薄情郎薄情如风筝纸，其虚情假意如空空的竹子，纵使女子用情很深，也无法留住他的心。薄情郎如挣断线的风筝，再也没有消息。整首诗比喻恰当贴切，生动地展现了薄情郎的真实面目和痴情女子的悲伤心情。

五

时来便逐浮云去，一意飘零万种空。
自是多情轻薄态，佳人枉自怨东风。

【赏析】

这首诗将风筝拟人化，从风筝的角度分析了风筝飘零的原因，也蕴含了人应该把握自己命运的观点。风筝最终飘零不知何处的原因，并非是东风强劲，而是风筝“轻薄”，随风逐云，不能把持自己的位置，最终落得这样的下场。诗人以风筝喻人，通过风筝“轻薄”而不能自控的特征，讥讽了那种随波逐流、不能把持自己的人。

放鸢诗三十一首[1]

明·徐渭[2]

一

柳条搓线絮搓棉，
搓够千寻放纸鸢。
消得东风多少力，
带将儿辈上青天。

【注释】

[1]此处所辑《放鸢诗》31首，其中前16首出自徐渭的《拟鸢图》，第17、18两首可见《古今图书集成》，后13首未能找到出处。

徐渭《拟鸢图》卷后所录《放鸢诗》前有序曰："郭恕先为富人子作风鸢图，富人子怒而谢绝，意其时图必毁裂。余慕而拟作之。恕先何人，余殆跛鳖逐骥耳，苇髡渡海礼补陀，哪得便见一叶莲相，取其意而已矣。"意思是说，其《拟鸢图》是模拟北宋著名画家郭忠恕的《风鸢图》而作。郭忠恕（？～977年），字恕先，洛阳（今属河南）人。宋人郭若虚在其《图画见闻志》一书"纪艺"篇中有郭忠恕记载："岐（今陕西宝鸡以东、关中平原以西）有富人主官酒酤，其子喜画，日给醇酎。设几案绢素，及好纸数轴，屡以情言。忠恕俄取纸一轴，凡数十番，首图一角小童，持线车，纸穷处作风鸢，中引一线，长数丈。富家子不以为奇，遂谢绝焉。"山东省潍县（今潍坊市）真武祠中有苏东坡的一段文字，也提到郭忠恕作《风鸢图》的故事："郭忠恕，洛阳人，善书画，尤善山水。因与监察御史争朝堂，被贬乾州司户……有富家子喜画，日给美酒，待之甚厚，久乃以情言，且致匹素。郭忠恕先为画小童持线车放飞鸢，引线数丈满之……"

徐渭《拟鸢图》卷后所录16首《放鸢诗》中，前8首实际为元代著名画家王冕所作。王冕（1287～1359年），字元章，号煮石山农、放牛翁、会稽外史、梅花屋主等。元代著名画家、诗人，浙江诸暨人。诗前序曰："王元章放鸢诗八首（原十一首存者八），先子抄本具焉，当亦慕恕先作也。因书于此。"

[2]徐渭（1521～1593年）：明代杰出书画家、文学家。初字文清，后改文长，

号天池、天池山人、天池漱仙，又号青藤、青藤道人、青藤道士、金垒山人、田水月等。浙江山阴(今绍兴)人。明朝晚期杰出的文学艺术家，中国古代十大名画家之一。自幼聪慧，文思敏捷。他中年学画，继承梁楷减笔和林良、沈周等写意花卉的画法，故擅长画水墨花卉，用笔放纵，画残菊败荷，水墨淋漓，古拙淡雅，别有风致。兼绘山水，纵横不拘绳墨，画人物亦生动，其笔法更趋奔放、简练，干笔、湿笔、破笔兼用，风格清新，恣情汪洋，自成一家，形成"青藤画派"。他自己尤以书法自重。自称"吾书第一、诗二、文三、画四"。

【赏析】

这首诗开头的"柳条搓线絮搓棉"一句，采用双关的修辞方式，写出了杨柳舒枝、柳絮飞扬的大好春光，由此联想到放风筝的线也是"搓"成的，而儿童放风筝的地点也正是在这春光大好的杨柳如烟的氛围里，正是这些联系，将风景和放风筝这个行为很好地"双关"而结合在了一起。接下来写的是放风筝的情景。作者感叹，在春风无力、万物欣欣向荣的大地上，要消耗多少春风的力量才能实现将儿童的梦想带到天空之上呢？一个"消得"，一个"多少"，生动地写出了儿童放风筝时自由自在、无拘无束的状态，作者在此时恐怕也想到了自己的童年，自己童年相似的经历，带有一种复杂的人生感叹。

二

春风语燕泼堤翻，
晚逐归牛稳背眠。
此际不偷慈母线，
明朝辜负[1]放鸢天。

【注释】

[1]孤负：即辜负。孤，通"辜"。

【赏析】

此诗描绘了一幅牧牛归的图画。由于写得虚实相映，扩充了画面的内容。这首诗用儿童心理描写和景物描写的方式，写出了儿童放风筝的内在必然性，乃是出于他们天真烂漫的性情。开篇春天的风景是如此的宜人，简直就是一幅泼墨的江南春意图！在春风和煦、燕语呢喃的季节里，远处传来了隐隐的笛声，原来是傍晚的牧童牧牛归来了。这时候笛声早已经消歇，牧童也在牛背上有些睡意了。晚风中燕子在堤上翻来翻去，就如风筝一般，勾起了儿童放风筝的欲望。一个“泼”字，形象生动地写出了燕子翻飞姿态的潇洒优美。如果这时候回家不把母亲的线偷出来明天好在放牛的时候放风筝，那岂不是辜负了风和日丽的适宜于放风筝的大好春光了吗？

这首诗在艺术上非常出色，不但心理刻画非常富有特色，非常有趣味，而且能够和景物的描写结合起来，取得了一种心物浑融的良好效果。同时，其所写的景物又富有江南春天的特色，这就为意境的创造提供了很好的前提。从所有风筝诗总体上的情况来看，这首诗的艺术成就是相当高的。

三

鸢于儿女何相关，
苦要风高九万抟。
无限片帆当此际，
钱塘江上雪如山。

【赏析】

这首诗仍然是作者用过来人的眼光看放风筝的儿童的，同时和自己现在的心境坐了一番有趣的对比。经历了人生各种磨难和酸甜苦辣的作者，这时候已经未必能够理解儿童们为放风筝而苦苦奔跑、苦苦攀比谁放得更高的行为了。他们的天真烂漫的心境，对于作者来说也许是一种遥远的回忆了，不复存在于现在的生活。因此，最后两句写的是作者的心境，同时隐含了作者的志向和抱负。和儿童单纯以游戏游玩的心态来放风筝不同，作者乐于欣赏的乃是“无限片帆”在波涛汹涌的钱塘江上来来往往，波浪白如雪、高如山的壮阔境界。从这个意义上来说，作者开头的两句就不是不理解儿童放风筝的心情，而只不过是借此感慨和表现自己的成长经历而已。

四

我亦曾经放鹞嬉，
今来不道老如斯。
谁能更驻游春马，
闲看儿童线断时。

【赏析】

这首诗是接着上一首的心境来写的。首先作者通过看儿童放风筝的情景，想起了自己儿童时代无忧无虑的生活。然而转眼间，人已经是垂垂老矣！在人生中不断打磨的"我"，心境已是如此的沧桑，哪里还能承受看儿童放风筝的快乐无比，而勾起自己的往事的回忆，停马逗留呢？一个"闲"字，正写出了作者虽然是游春似闲，但是实际上又难以得到真正的闲的状态，人生所有复杂的经历和感情都蕴含其中，可谓意味深沉难诉！

五

缚竹糊腔作鸟飞，
崩风坠雨烂成泥。
明朝又是清明节，
斗买饧唐[1]过柳西。

【注释】

[1] 饧(xíng)唐：饧，指糖稀。唐，通"糖"。

【赏析】

这首诗写了清明节放风筝的民俗，从风筝的制作到被抛弃而破碎败烂，循环之中，每一次的况味却又不同。"明朝又是清明节"一句，就正是对此的深深感慨。儿童们有放风筝的行为来作乐，而作者作为老人，赶在清明节这样的好时节，还是事先做好准备，为孩子们买点糖果，也好清明节时和他们同乐吧！快乐的方式儿童和老人虽然不同，但快乐却是一样的。

六

江北江南纸鹞齐，
线长线短逞高低。
春风自古无冯[1]据，
一任骑牛弄笛儿。

【注释】

[1]冯(píng)：通"凭"。

【赏析】

这首诗首先写的是风筝满天，竞相高低上下的情景，作者设计了"江南江北"

这样一种壮阔的天地境界，越发显示出了放风筝的声势之大。接下来作者写道，春风自古以来是没有任何凭据的，风筝的高下恐怕还得掌握在人的手里，争强好胜的最终还是人心呀！能够超脱于这竞争之外的，恐怕也只有那放牛的孩子吧！你看他一边悠然地骑牛而牧，一边吹着笛子，笛声悠扬而快乐，散播在春风之中，是每个人都可以听到的呵！

七

剪楮[1]披篁[2]重几分，
横天直去搅风云。
风云去搅犹言可，
误煞低头看鸭人。

【注释】

[1]楮(chǔ)：落叶乔木，树皮是制作桑皮纸和宣纸的原料。

[2] 篁：通"篁"(huáng)，竹林，泛指竹子。

【赏析】

这首诗写出了放风筝所带来的一个不太严重的小后果：风筝虽然不是有生命之物，但是在风力的作用下"横天"而去在风云之上飘摇，远在高空真假难以辨认，人在地上还以为是真的禽鸟呢！这样一来，就难免不会发生看护鸭子的人在看到风筝的时候，不由自主地产生了看护好鸭子以免为恶禽叼走的心理和动作了。

八

误煞低头看鸭人，
摩挲不信不鸢真。
拦街夺得神仙观，
刚是茅山活水银[1]。

【注释】

[1]活水银：指未炼之汞。此处指心中的真气。

【赏析】

这首诗从观赏者的角度表现了放风筝给人们带来的精神愉悦。风筝在高空悠闲地飞翔，让观赏的人们流连忘返，这可耽误了看鸭人履行自己的职责，只顾仰头看风筝，却不知鸭子的去向。人们一边观赏着飞翔的风筝，一边疑惑那是风筝还是真正的鸟儿。站在街头欣赏风筝，让人能够真正感受到不受拘束的自由内心，那感觉简直胜似做神仙！

九

纸鸢一块去飘绵，
不及三朝飏[1]木鸢。
更有大风君信不，
能翻磨扇上高天。

【注释】

[1]飏(yáng)：同“扬”，在空中飘动。

【赏析】

这首诗的意思比较简单，并没有多少深意。作者由纸鸢想到了木鸢，随着重量的越来越大，显然所需要的风力也就越来越大，联系其他诗中风筝将儿童带上天而摔死的事情，那么这首诗则是一个很不易察觉的过渡了。

十

我经南海飓风年，
屋瓦飞枝搅蝶眠。
试取纸鸢当此际，
看他背去负青天。

【赏析】

这首诗主要由作者想象而成，他想到南海之上那猛烈的飓风(来自《庄子·逍遥游》的意境)，吹得屋瓦飞空，打搅了化蝶而眠的庄子。这样的大风对于大鹏而言是适合的，但是对于风筝来说，是不是也能像大鹏那样背负青天而悠然南游呢？轻轻的问话，其实表达的是否定的意思。那么风筝在这样的风力之下，其命运也就可想而知了。

十一

天台饶舌骂丰干[1]，
何事吟鸢巧弄抟。
昨夜风余收堕篾，
唤为拾得[2]唤寒山[3]。

【注释】

[1]丰干：唐代高僧，又作“封干”，生卒年不详，生活于7～8世纪，唐玄宗开元初前后在世。居天台山国清寺。昼则舂米供僧，夜则扃房吟咏，或骑虎巡廊唱道。人或借问，只对“随时”而已，更无他语。尝于京师为闾丘胤治疾。胤牧台州，乞丰干一言。丰干曰：“到任后谒文殊、普贤，在清国寺执受涤器，名寒山、拾得者是也。”胤往访之，二人笑曰：“丰干饶舌。”遂走出不见。

[2]拾得：唐代高僧。唐代丰干禅师，住在天台山国清寺。一天，在松林漫步，山道旁忽然传来小孩的啼哭声音。他循声一看，原来是一个稚童，衣服虽不整，但相貌奇伟。问了附近村庄人家，没有人知道这是谁家的孩子，丰干禅师不得已，只好把这男孩带回国清寺，等待人家来认领。因小童是丰干禅师捡回来的，所以大家都叫他“拾得”。

[3]寒山（约691～793年）：唐代长安人，出身于官宦人家，多次投考不第，被迫出家。30岁后隐居于浙东天台山，享年100多岁。寒山、拾得皆为唐朝贞观年间人，二人佛法高妙，更兼诗才横溢，佛门弟子认为他们分别是文殊、普贤菩萨转世。而且，寒山、拾得二人踪迹怪异，其典型形象总是满面春风，拍掌而笑，民间奉为“和”“合”二仙。旧时婚礼上，喜堂高挂二仙神像，寓意和气好合。乾隆的父亲雍正皇帝敕封寒山为“和圣”，拾得为“合圣”。

【赏析】

这首诗借用唐代高僧丰干、寒山、拾得的典故，表现了放风筝超然的境界。诗作借用寒山、拾得二位言丰干饶舌的典故，表现了诗人放风筝所感受到的随顺自然、不为外物所羁的心境。风筝高飞时就尽情观赏，风筝飘落时则将其收拾起来，既没有必要对高飞的风筝羡慕万分，也没有必要对飘落的支离破碎的风筝感慨不已。诗人在该诗中通过放风筝表达了对禅宗思想的体悟。

十二

鸢长线短欲何之[1]，
万丈无由办得斯。
瞥见游丝天正午，
才搓纸捻钉书时。

【注释】

[1]之：通“至”。

【赏析】

这首诗描述了放风筝的人为风筝线发愁的小插曲。放飞大风筝时，风筝线短怎么办呢？怎样才能得到那么长的风筝线？放风筝的人为此大伤脑筋，整整一个上午都心神不宁，甚至忘了自己要搓纸捻钉书的事情。直到中午，方才回过神来，开始搓纸捻钉书。这首诗表现了放风筝的人对放风筝的沉迷和执着。

十三

此物等为刍狗[1]草，
此飞等是土龙[2]泥。
东风自古西吹去，
不是吹侬合向西。

【注释】

[1]刍狗：古代祭祀时用草扎成的狗。

[2]土龙：用土制成的龙，古时用以祈雨。

【赏析】

这首诗表现了诗人对放风筝的独特的认识。放风筝是一件最简单普通的事情。风筝制作时取材广泛、方法简便。风筝虽然是人工制作，但取材于自然界，犹如古人用于祭祀用的刍狗、祈雨用的土龙，用完之后又回归大自然。放飞风筝同样不需要什么要求，而是顺应了大自然的规律，在春天东风浩荡的时节，乘着东风飞上天空。诗人从风筝的制作到放飞，表现了这样的观点：放风筝是人们春季最自然的事情，人们放风筝只是随顺自然的一种表现而已。

十四

风微欲上不得上，
风紧求低不得低。
渡海谁嫌侬自渡，
可怜带去弄饧[1]儿。

【注释】

[1] 饧(táng)：通“糖”。

【赏析】

此诗有小序曰：“野人云：放鸢小儿将食饧，寄线于腰，忽大风放鸢向海，儿堕死，收其骨，饧尚胶掌中。”这首诗从一个侧面反映了一个放风筝的悲剧事件。作者对于放风筝的风表现出了一份悲愤，同时指出风筝的命运不能掌握在自己手里，隐喻了这种悲剧性事件的不可预防。诗的最后两句作者悲愤地控诉说：如果你(风筝)想渡海的话凭借着风渡过去就是了，为什么还要连带着发生悲剧，使小小的天真活泼的儿童丧命呢?!

十五

剡藤[1]湘篾一片雪，
仿佛孤飞野鹤云。
貌取此图偿酒债，
未为轻薄有钱人。

【注释】

[1]剡(shàn)藤：古县名，在今浙江嵊县。剡溪出产的藤可以造纸，负有盛名，故后称名纸为“剡藤”。

【赏析】

这首诗表达了作者不俗的志趣：用剡溪的藤和湘竹劈出的竹篾制成的风筝，在天空中飞动，雪白雪白，就仿佛是孤独的云野之中飞翔的鹤一样。把这样美丽的景色绘入图画之中，卖点钱好偿还欠下人家的酒钱，又何尝是用这风雅的图画，像世俗中轻薄的商人那样为了赚钱呢！这种生活的姿态，实在是洒脱之极的，表 现了文人画家的一种逸趣。

十六

冯[1]添鸽籥[2]与膏焚，
整队红云过玉真[3]。
何处邻姬不停织，
细听灯火裹筝银。

【注释】

[1]冯(píng):通“凭”。

[2]籥(yuè):古代通风鼓火器上的管子。古同“钥”,锁钥。

[3]玉真:指仙女。

【赏析】

这首诗描绘了夜间放风筝的美妙情景。夜晚的风筝增加了鸽哨和油灯,风筝飞起来后,鸽哨清脆的声音在空中回响,亮起来的灯火照亮了风筝,风筝如一片红云飘在空中,又如一队仙女飞过苍穹。谛听着风筝的哨音,观赏着美妙的风筝,宛如看到邻家美丽勤劳的女子在不停地织布劳作,夜晚的风筝将人们带入了一个虚幻的世界!

十七

村庄儿女竞鸢嬉，
冯[1]仗风高我怕谁。
自古有风休尽使，
竹腔麻缕不堪吹。

【注释】

[1] 冯:通“凭”。

【赏析】

这首诗写的是乡下小儿女放风筝的情景,他们竞相嬉戏,快乐而活泼,凭借着自己的风筝互斗胜负,一副谁也不怕谁的不服输的样子。诗人作为旁观者,提出了自己的建议——当然这建议未必对他们亲口说,而是作者的一种遐想——有风的时候不要尽情地随风而驱使风筝越飞越高,因为风筝的身子骨是竹子和麻线做的，禁不住太大的风的猛烈吹击。能在尽情之时做到退一步海阔天空，为自己做的事情留出余地，人生的情形何尝不是如此呢？

十八

春来偏与老人雠[1]，
腰膂[2]如弓项领柔。
看鹞观灯都好景，
正难高处去抬头。

【注释】

[1]雠(chóu)：同“仇”。
[2]腰膂(lǚ)：腰背。

【赏析】

这首诗以幽默的笔法写了老人的尴尬和不便，同放风筝这样一个活动联系起来，可谓巧妙。春天本来是风和日丽适合放风筝的大好时节，但是老人的腰臀已经直不起来了，脖子也软得抬不起都来，如此一来，即使是有看放风筝和观灯这样的好机会，也是难以领略呵！从诗中所写的情景来看，也不妨看作是用对比的方法反衬放风筝的孩子们的大好年华，是如何令人羡慕呀！言外之意，那就是人要珍惜光阴，在合适的年龄和时间里做着合适的、该做的事情，否则时不我待，到了老年，很多好事情就没法子享受了。

十九

筝儿个个竞高低，
线断筝儿打一交。
若个红靴不破绽，
若人红袄不鏖糟[1]。

【注释】

[1]鏖(áo)糟：肮脏。

【赏析】

这首诗写的是风筝断了线之后的情景，用拟人的手法将之说成跌了一跤。

作者以轻松的语气为之解嘲：哪个红靴子没有破而绽开的时候呢？哪个红袄没有破成一团糟的时候呢？

二十

偷放风鸢不在家，
先生差伴没寻拿。
有人指点春郊外，
雪下红袄便是他。

【赏析】

这首诗写了一个不上学而偷跑出去放风筝的孩子，教书先生差他的同伴去找他，但是一直没有找到。这个时候，有人就给他指点了：看见那春郊野外了吗？那个在一片繁乱如雪的风筝之下，穿着红棉袄的孩子，那就是你所要找的人啊！这首诗生动有趣，可谓诗中有画，画中有诗，用以题画，可谓两得其宜。

二十一

一方纸鸢一丝提，
四个金刚四块泥。
我亦谁家红顶塔，
一天风雨看鹏飞。

【赏析】

这首风筝诗通过对旁观者的描绘反映了人们对风筝的挚爱之情。一个风筝由一根丝线牵引，放风筝的人虽然忙碌，但看风筝的人则更是投入，个个目不转睛，一动不动，如同泥塑的金刚。诗人亦是风筝的忠实的观赏者，坐在屋顶上，似一座红顶塔，一天的时间都一动不动，春风细雨也丝毫没有影响诗人的兴致。这首诗从观赏者的角度反映了放风筝的盛况。

二十二

爱看钻天鹞子高，
不知前后只知跑。
风吹昨夜棠梨折，
卧刺如针伏板桥。

【赏析】

这首诗生动地描述了看风筝的人追着看风筝急不择路的情景。钻入高空的鹞鹰风筝吸引着人们的视线，随着风筝飞去的方向紧追不舍，以至忘记了前后左右、东西南北。更有甚者，昨夜大风吹折了棠梨树，长满刺的树枝被刮倒在桥上，看风筝的人被扎个正着。整首诗通过这个典型的场景集中展现了人们对风筝的喜爱之情。

二十三

只因一线引鸢孤，
跑过村乡第几都。
小可儿郎三五辈，
坏将多少绿蘼芜[1]。

【注释】

[1]蘼(mí)芜：绿色藻类。

【赏析】

这首诗写放风筝的孩子一路跑着放风筝，也不知道跑过了村庄的多少路程。他们三五个在一起兴致勃勃地放风筝，全然不顾脚下，风筝到了哪里就是哪里，也不知道踩坏了多少碧绿的蘼芜！作者的文字虽然在表面上是责备孩子们的，但是语气之间却没有这样的意思，因为他知道，小孩子就是这样，谁又不是从那个时候过来的呢？

二十四

高高山上鹞儿飞，
山下都是刺棠梨。
只顾鹞飞不顾脚，
踏着棠梨才得知。

【赏析】

这首诗写了风筝为带刺的棠梨树钩住的情景：高高的山上是谁在悠然地放着风筝，而山下都是棠梨树，树上枝上满是刺儿。只顾着尽情地放风筝的孩子一路拖着风筝跑呀跑呀，只有当风筝碰上棠梨树，被树上的刺挂住的时候，才知道应该规避一些，可为时已晚了！

二十五

百丈牵风假鹞飞，
不知断去寸难持。
若留五尺残麻在，
还好渔翁捻钓丝。

【赏析】

这首诗似乎是以安慰孩子的口吻写的：风筝在放的时候，正常的情况下，即使是放出去百丈的线，也是没有问题的，但是一旦线断了的话，就一切都不由自己掌握了。如果手上的残线还有几尺的话，还可以做渔人的钓鱼线吧。

二十六

鹞材料取剩糊窗，
却听天鹅扑地降，
到得爷娘查线脚，
拆他鞋袜两三双。

【赏析】

这首诗写了一个富有趣味的细节：家里大人用孩子做风筝剩下的材料去糊窗户，却听得天上的一只“天鹅”（风筝）“扑”地落了下来。大人捡起来查看风筝上面的线脚，怎么这么熟悉呢？细细一看，原来是孩子拆了两三双鞋袜的线来做的风筝！

二十七

不向书堂讲课勤，
糊藤拗竹觅风云。
庭前几叶潇湘色，
禁得儿们几斧斤。

【赏析】

这首诗仍然是表现了孩子们不受拘束的天性，他们不爱上讲堂听课，却去割了竹子用藤和纸糊风筝，然后跑出去放。庭前那些绿油油的竹子，能禁得起他们几回折腾呢？孩子要是想做的事情，还真是不好禁止的，因为这是他们的天性，何况也并没有大的妨碍。

二十八

风吹鸢线搅成团，
挂在梨花带燕还。
此日儿郎浑已尽，
记来嘉靖八年间。

【赏析】

这首风筝诗回忆了诗人儿时放风筝时欢快的情景。放风筝时风吹得线搅成了团，风筝飘下来挂在了梨树枝上。风筝给开满花儿的梨树增添了别样的情趣，燕子也围绕着花儿飞来飞去。孩子们更是玩得不亦乐乎，兴奋得忘记了一切。这首诗也反映了诗人对过去无忧无虑的日子的眷恋。

二十九

娇生娇养娇性情，
鹞儿高别两三层。
春郊十里饴糖尽，
买奉他家小主人。

【赏析】

这首诗写得非常有趣，也非常具有民俗特色。诗中写的是一个娇生惯养的小孩子，放风筝放得不愿意回家，跟班的人买了糖哄他回家，哄了十几里地，糖也吃得差不多了，然而小主人还是没有回家！几番无奈，几番趣味，儿童的世界就是如此，我们谁未经过这样的时候或者相似的情景呢？

三十

初生犊子鼻如油，
有索难穿百自由。
才见春郊鸢事歇，
又搓弹子打黄头。

【赏析】

这首诗通过儿童的放风筝和弹打雀鸟两事，充分地表现了儿童顽皮活泼的自由天性。他们似乎有着耗费不完的精力，做着各种大人看来没有多大实际意义，但是对于他们来说却是充满无限趣味的事。这就是孩子，这就是童年。他们像初生的犊仔一般，忙得鼻头上窜汗，真是即使有绳子绑住他们的身体，也难以束缚住他们自由自在的天性呵！作者以无可奈何的口吻写道：你看他们，才到春天的郊外放完风筝回来，却又忙着搓弹子去打雀鸟了！

三十一

风鸢牛鼻孰坚牢，
总是绳穿这一条。
借与老夫穿水牯[1]，
沩山和尚[2]不曾烧。
纸鸢是真还是假，
鸢绳是线还是绦[3]。
近日绕君禽与鹞，
他年难逃鼠和猫。

【注释】

[1]水牯(gǔ)：公水牛。

[2]沩山和尚：唐代著名禅师沩山灵佑，是中国佛教禅宗之沩仰宗的创始人。沩山曾说："老僧五百年后，到山下人家，作一头水牯牛，左胁下写五字——沩山僧灵佑。"

[3]绦(tāo)：用丝线编织成的花边或扁平的带子，可以装饰衣物。

【赏析】

这首诗借风筝之事，运用沩山禅师的典故表达了诗人对世俗生活的参悟。风筝虽能飞到空中，但总是受制于牵引它的绳子。人们生活在世俗社会中，难免要受到种种约束和羁绊。诗人参悟到，人们感受到的世俗生活只是一时的假象，种种羁绊与约束也就化解了。沩山禅师曾说自己现世为沩山上的得道高僧，五百年后，则是山下人家的一头水牯牛。现在的风筝也并不总是风筝，风筝的绳子也并不总是现在这个样子；现代放飞的风筝样子是家禽和鹞鹰，谁又知道几百年前或几百年后它们不是老鼠和猫呢？诗人借风筝之事参悟生活，表现了佛教思想对诗人的影响，也反映了诗人在困顿的现实生活中寻求精神解脱的精神现状。

咏风筝

明·李渔[1]

杨柳风高春已分，纸鸢头上乱纷纷。
赛人全仗丹青[2]力，化作天边五色云。

【注释】

[1]李渔(1611～1680 年)：原名仙侣，字谪凡，号天徒；中年改名李渔，字笠鸿，号笠翁。明末清初著名戏曲家。浙江兰溪人。李渔出生时，由于其祖辈在江苏如皋创业已久，此时"家素饶，其园亭罗绮甲邑内"，故他一出生就享受着富足生活。其后由于在科举中失利，使肩负以仕途腾达为家庭光耀门户重任的李渔放弃了这一追求，毅然改走"人间大隐"之道。康熙五年(1666 年)和康熙六年(1667 年)先后获得乔、王二姬，李渔在对其进行细心调教后组建了以二姬为台柱的家庭戏班，常年巡回于各地为达官贵人作娱情之乐，收入颇丰，这也是李渔一生中生活得最得意的一个阶段，同时也是李渔文学创作最丰产的一个时期，《闲情偶寄》一书就是在这一阶段完成并付梓的。1672～1673 年，随着乔、王二姬的先后离世，支撑李渔富足生活的家庭戏班也土崩瓦解了，李渔的生活从此转入了捉襟见肘的困顿之中，经常靠举债度日。1680 年，古稀之年的李渔于贫病交加中泯然于世。李渔曾创作剧本《风筝误》(共三十出)，以风筝为主线描写了一个才子佳人曲折的爱情故事。书生韩世勋题诗风筝上，纨绔子弟戚施放风筝，风筝线断，飘落他处，被詹府才貌双全的二小姐淑娟拾到，重新题诗后再放，由此引出一连串误会与巧合，生出了韩世勋、戚施与詹府两位小姐两桩相互对比而又相互纠缠的婚事。该剧脉络贯通，情节波澜起伏，引人入胜。

[2]丹青：丹和青是我国古代绘画常用的两种颜色，常借指绘画。

【赏析】

这首诗描绘了春日风筝放飞的美景。在杨柳风的吹拂下，风筝一个个飞上天空。风筝的样子各种各样、五彩缤纷，仿佛天边一片片美丽的云彩。这首诗用语简单，却形象地展现了春日放风筝的盛况。

挂枝儿[1]·风筝

明·无名氏

风筝儿要紧是千尺线，太轻薄，太飘荡，（不怕你）走上天，一丝丝，一段段，（拿住你）在身边缠[2]。不是我不放手，（放手时你就）一去不回还。听着了你的风声[3]也，（我自会凑[4]你的）高低何近远。

【注释】

[1]挂枝儿：又作《倒挂枝儿》《挂枝词》，民间曲调名，为北方民间曲调《打枣竿》流行至南方的改称。一般七句四十一字，可加衬字，平仄韵通押，内容多写恋情。

[2]缠：字面双关“缠绵”之意。

[3]风声：双关语，既指放风筝时的风声，又比拟男子一方在外面的活动情况，尤其是在男女关系方面的情况。

[4]凑：双关语，意指知道了男子在外面的情况，我自然会迎合你的心意；在放风筝一事上就是，我自然会根据风声来调节风筝的高低远近。当然，如果风声不对的话，这个“凑”字就有调理（修理）的意思了。

【赏析】

以风筝和放风筝的人之间的情致，来形象生动地比拟男女情人之间的关系和心理，乃是本篇的特色所在。因为风筝本来就因风而起，所以免不了要随风飘荡，外面的环境让人身不由己。正是知道这种情况，所以女子才用线牵着扯着风筝，即使是到了天空之中，也可以随时掌控。对于有情有义的男子来说，女子的这种行为自是一种深情和痴情的表现，因此是一种幸福的体现。也只有那些心思不在女子身上的人，才觉得是一种束缚。这首民歌生动地刻画了女子微妙的心理，在艺术上是非常成功的，语言的口语化也增强了艺术表现力和感染力。其中“缠”“风声”和“凑”等字眼都有双关的成分在内，因此也使得这首民歌的表现丰富有味，妙趣横生。

忆金陵

明·童轩(瑄)

为忆江东地,风光信可怜。
侯门深似海,官道直如弦。
妓女钗簪燕,儿童纸放鸢。
何时赋归去,醉向酒楼眠。

【赏析】

这首诗回忆了江南金陵一带的大好风景。“侯门深似海”,说明达官贵人多有聚居,因此气象繁华,但是也毕竟世俗。“官道直如弦”,交通便利,自然易于经济、文化的发展。“妓女钗簪燕,儿童纸放鸢”,实写金陵风景的繁华和民俗。“何时赋归去,醉向酒楼眠”,表达了作者的向往,这种诗酒风流的生活,原也是文人所羡慕的。

送刘沛原南归诗之一

清·田雯[1]

绢素[2]粉墨[3]多,一角数远峰。
山童持线车,放鸢凌春风。
子不作此态,无乃太冬烘[4]。

【注释】

[1]田雯(1635～1704年):字纶霞,一字子纶,又字紫纶,号山姜,晚号蒙斋,清初德州(今山东德州)人。田雯耿介正直,且聪慧机敏,任事谨严,从权练达,一生从政,既不负圣命,又不孚民望,政绩卓著,垂范后世。田雯诗歌自成一家,是清初“山左”诗人群的杰出代表,论诗主张融合唐宋,讲究“分体取法”,追求奇丽诗风,代表了清初诗坛早期的独创意识;诗歌内容宏博,体裁完备。著有《古欢堂

诗集》15卷、《古欢堂文集》12卷等。

[2]绢素:未曾染色的白绸。

[3]粉墨:修饰。

[4]冬烘:思想迂腐。

【赏析】

这首诗见《古欢堂集》卷四,是送刘沛原南归十首之三。这首送别诗通过对风筝悠然凌驾于春风之上的姿态的描绘,来劝说友人不要过于"迂""拙",在生活中要活得逍遥、潇洒一些。诗人在劝说友人的同时,实则是对自己的劝解。诗人田雯耿介正直,不趋炎附势,也不随波逐流,凡事坚持自己的原则,正因为如此,其仕途也是颇为坎坷。诗人曾两次出仕江南督学,由于恪尽职守,政绩尽管突出,却受到地方督抚的嫉恨和刁难,届满以"细故"罢归。江宁巡抚任上,他会勘河道力持公议,遭权柄者嫉恨,旋即远遣贵州。诗人借物咏怀,风筝凭借春风飞上天空,得到了世人的喜爱和赞赏。友人刚直朴素,在世人看来则"太冬烘"了。诗人通过对友人的劝告,也表现了自己与友人洁身自好的高尚品格。

这首诗语言简洁明了,诗风清新自然,体现了诗人与时人不同的诗歌主张和创作风格。清初著名的诗人王世祯主张神韵说,提倡诗歌创作朦胧含蓄、吞吐不尽,好像有言外余情,深意寄托,却又难以捉摸,难以指实。田雯的诗歌创作则追求"奇""丽",这首诗虽然不是田雯的代表作,但也很好地体现了田雯诗歌创作的独特性。诗作首先以淡淡几笔勾勒了风筝放飞的景色,远处的风景色彩对比鲜明,"绢素"对"粉墨";画面构思独特,一角有众多山峰若隐若现,给人以无限的遐想,颇有山水画的效果。从近处看,山童拿着风筝线车正在放风筝,风筝在春风中自由自在地飞翔。眼前的景象触发了诗人对人生的感慨。不同于神韵诗,诗的最后直言了诗人对友人的牵挂和劝告。

寒食郊行风日甚佳[1]

清·田雯

到寺陪僧话,当杯岸野巾[2]。
放鸢风有力,下马杖随人。
社日[3]愁无赖,花朝[4]病浃旬[5]。
清明今又过,空负一年春。

【注释】

[1]见《古欢堂集》卷八《寒食郊行风日甚佳之四》。寒食，节名，在清明节前一天。

[2]岸野巾：掀起头巾，露出前额。形容态度洒脱或衣着简率不拘。野巾，古代头巾的一种。

[3]社日：古时祭祀土神的日子，一般在立春、立秋后第五个戊日。

[4]花朝：一指花朝节（百花生日）；一指百花盛开的春景，亦泛指大好春光。

[5]浃旬：一旬，十天。

【赏析】

在诗人田雯《古欢堂集》中，描写山水田园的诗歌占了很大分量，这首诗就是描写了春天美好的山水风光，表现了诗人对生活的热爱之情。寒食之日，风和日丽，春意融融，诗人去郊游踏青，感受山野间美好的春光。“到寺陪僧话”，诗人首先叙述了自己郊游的行程，去寺庙与僧人聊天，暗含了诗人闲适、洒脱的心境。“当杯岸野巾”，室外春意盎然，室内谈兴浓郁、身心舒畅，以至于掀起了头巾。春天放风筝是绝佳的娱乐身心的方式，无奈自己年老体衰，刚刚又病了十日，不能尽兴地享受春光，发出了美好的时光一去不复返的感慨。

咏风筝

清·黄元御[1]

命薄如纸数里该，姻缘全凭一线来，
平生不爱云和雨，惟喜春风抱满怀。

【注释】

[1]黄元御（1705～1758年）：名玉璐，字符御，另字坤载，号研农，别号玉楸子，清朝乾隆年间名医。医术精湛，声望素著，所著《黄氏八种》等医著，至今在国内外广为流传。他出身诗书家庭，勤奋好学，颖悟异人，“百家诸子之论，率皆过目冰销，入耳瓦解”。少负大志，常欲跻身青云，学成旷世之才，为一代名相治国济世。不料30岁时，因患眼病，为庸医所误，左目失明。五官不正，无路仕进，他于绝望中另辟新径，立志学医。他发愤说：“不为良相济世，亦当为名医济人。”

【赏析】

这首诗通篇充满了双关的意味，比如风筝纸之薄本为利于乘风，作者双关到命薄上，也算是和风筝的命运有所关系。又由一线而掌握风筝，想到了情爱里的姻缘。由姻缘自然想到男女之事，但是这已经超出了风筝意象本身的范围，因此说"不爱云和雨"，最后归结到"惟喜春风抱满怀"上来，只喜欢春风满怀而得意的情形，倒也符合实际。这篇作品可以说是一首典型的"想入非非"的诗歌，最后得到的是若有若无的一种情趣，也算别致。

草珠一串

清·得硕亭[1]

曹公观起自新正，奇巧花灯认不明。
堪笑儿童无见识，偏于此地放风筝。

【注释】

[1]得硕亭：名舆，字硕亭，著有《草珠一串》。《草珠一串》有嘉庆二十二年(1817年)刊本。

【赏析】

根据得硕亭所作《草珠一串》卷首的自序得知，《草珠一串》共"百有八章"，是诗人触景生情，表现时人时事的作品。《草珠一串》中对当时的风俗时尚等社会文化生活有着较为广泛的展现。

附：得硕亭《草珠一串》嘉庆二十二年(1817年)刊本卷首自序：

甲戌新夏，有友人持《京华竹枝词》八十首见示，不知出自谁手，大半讽刺时人时事者多。虽云讽刺，未寓箴规，匪独有伤忠厚之心，且恐蹈诽谤之罪。友人啧啧称善，余漫应之而未敢附和也。立秋后五日，芸窗静坐，忽闻满院蕉声；荜户虽开，不见同人履迹。潇潇细雨，空余北海之心；勃勃诗情，敢效东施之态。因人及物，共得百有八章，集腋成裘，真乃一言以蔽，名之曰《草珠一串》。

燕京杂咏·放风筝[1]

清·无名氏

槐榆舒绿柳含青,阵阵东风拂面生。
最是儿童行乐事,置身檐瓦放风筝。

【注释】

[1]燕京:北京的别称。因市区在春秋战国时为燕国国都而得名。杂咏:谓随事吟咏,常用作诗题。

【赏析】

这首诗是清朝一位诗人对春天放风筝场景的描写,生动地反映了清代的民间风俗。前两句描写了景色怡人的春天,槐树、榆树、柳树都长出了嫩绿色的叶子,在春风下轻轻摇摆,暖意融融。在这样的春光里,最惬意的事情莫过于放风筝了。放风筝是春天老百姓自娱自乐的形式之一,既锻炼身体,又愉悦身心,而最能体现放风筝乐趣的则是无拘无束的孩子。在这首诗中,诗人巧妙地将表达的重点放在一个酷爱放风筝的调皮的孩子身上,"置身檐瓦放风筝",这个孩子为了让风筝飞得更高,竟然站在了屋顶上。童心童趣,跃然纸上。

这首诗作为一首反映民间风俗的诗,画面生动活泼,诗风朴素优美,将特写镜头置于站在屋顶上放风筝的孩子身上,别具特色。

灯谜·风筝[1]

清·曹雪芹

阶下儿童仰面时,清明妆点最堪宜。
游丝一断浑无力,莫向东风怨别离。

【注释】

[1]本诗出自曹雪芹《红楼梦》第22回《听曲文宝玉悟禅机　制灯谜贾政悲

谶语》。曹雪芹通过不同的灯谜暗示了《红楼梦》中不同人物的命运,这首风筝灯谜暗示了探春如断线的风筝远嫁他乡的命运。

【赏析】

曹雪芹不仅文学功底深厚,而且对各种民俗也很熟悉,对于放风筝更是非常了解。《红楼梦》中第22回、第70回多次描写到风筝,其中具体写到了风筝的制作方法,活灵活现地展现了放风筝的各种技巧。但和其他作品中将风筝作为具体的对象描写不同,曹雪芹将风筝作为意象,蕴含了《红楼梦》中人物的不同命运。

诗中既对风筝作了生动描写,又暗藏谜底,为下文的故事情节埋下了伏笔,可谓一物多用。这首借探春之口吟咏的风筝诗很有情趣:诗谜别开生面,借物喻人,断线的风筝隐喻探春远嫁难归的悲苦结局和命运。通篇没有"风筝""纸鸢"字样,但却把放风筝的人、放风筝的季节、风筝突然断线的情景,一一形象地写了出来,尤其是以"东风"作比较和衬托,更增加了风筝命运的悲剧性。将探春的命运与断线的风筝联系起来,让人为探春的命运更是感慨不尽!

村　居

清・高鼎[1]

草长莺飞二月天,拂堤杨柳[2]醉[3]春烟[4]。
儿童散学归来早,忙趁东风放纸鸢。

【注释】

[1]高鼎:生卒年不详,字象一,又字拙吾,钱塘(今浙江杭州)人,清代诗人。

[2]拂堤:形容杨柳枝条很长,下垂着,像是抚摸着堤岸。

[3]醉:作动词用,即迷醉于。

[4]春烟:春天水泽、草木间蒸发的雾气。

【赏析】

这首诗生动地描绘了春光明媚、春草渐长、莺飞燕语、杨柳如烟的时节,一群天真活泼放学归来的儿童,趁着放学归来的时间,舒臂牵线喜放风筝的情景,充满了浓厚的生活气息,富有诗情画意。尤其是描绘放学儿童"忙趁东风放纸鸢"

的细节，不但和前面所描写的大好春光形成鲜明的映照，同时也表达了作者对这些天真烂漫、天性未泯的儿童的赞赏之情。一个"忙"字、一个"趁"字，绘声绘色地描写了儿童们的心情和姿态，可谓别有趣味。

燕九竹枝词[1]

清 · 孔尚任[2]

结伴儿童裤褶红，手提线索[3]骂天公。
人人夸你春来早，欠我风筝五丈风。

【注释】

[1]竹枝词：同竹枝。竹枝，乐府《近代曲》之一，本为巴渝（今四川东部）一带民歌，唐诗人刘禹锡据以改作新词，歌咏三峡风光和男女恋情，盛行于世。后人所作也多咏当地风土或儿女柔情。

[2]孔尚任（1648～1718 年）：字聘之，又字季重，号东塘，别号岸堂，自称云亭山人。山东曲阜人，孔子六十四代孙。清初诗人、戏曲作家，著有《桃花扇》等。

[3]线索：线绳之类的泛称。

【赏析】

燕九，即燕九节。自元代始，北京人将正月初一至十九日称为"燕九节"。燕九节又名宴邱节，是庆祝邱真人诞辰的节日。节日期间，"倾城士女曳竹杖，据往南城长春观、白云观，宫观葳扬法事烧香，纵情宴玩以为盛节"（元代熊梦祥《析津志》）。诗人于正月十九燕九节与友人去郊游时，每人做绝句十首，互相唱和，这首诗是其中的第七首。该诗描写儿童风筝放不上天，急得怒骂老天，一个天真而又刚健的儿童形象跃然纸上，呼之欲出。诗中童趣盎然，别有风味。

声声令 · 咏风筝

清 · 柳如是[1]

杨花还梦，春光谁主？晴空觅个颠狂[2]处。尤云殢雨[3]，有时候，贴天飞，只恐怕，捉他不住。丝长风细，画楼前，艳阳里。天涯亦有影双双，总是缠绵，难得去。浑牵系[4]，时时愁对迷离树。

【注释】

[1]柳如是(1618～1664年)：名隐，后改名是，字如是，号我闻居士，是明清易代之际的著名歌妓才女。在她暂短的一生中，做了许多绝非一般女子所能做的事情，写出了许多比当时千百诗家墨客高明得多的诗词文章。

[2]颠狂：言谈举止违背常情，放荡不羁，词人用以表示对封建礼教的抗争。

[3]龙云殢(tì)雨：同“殢雨尤云”，比喻男女之间的缠绵欢爱。

[4]牵系：牵挂，牵连。

【赏析】

这首词见于《柳如是诗文集》(中华全国图书馆文献缩微复制中心，1996年版)。此词虽咏的是风筝，却是作者本人身世的写照。将自身比作风筝，自由地在“画楼前，艳阳里”飘飞。“晴空觅个颠狂处……只恐怕，捉他不住。”真是潇洒自由，表现了作者不屈于命运的坚强斗志。“天涯亦有影双双，总是缠绵，难得去。”又表现了作者追求爱情幸福的迫切心情，写得是那样大胆、那样直言不讳。最后一句作者面对封建礼教的残酷现实，感到得到幸福是一件很艰难的事情。“愁对迷离树”表达了她惆怅忧虑的心情。但是，我们回过头来看前一句“杨花还梦，春光谁主?”说明作者对争取爱情和幸福还是充满信心的，确定了本词乐观向上、勇于斗争的主题。

与同时代闺秀词迥然不同的是，这首词采用了平白如话的叙述风格，但由于词中娴熟地取典用譬，借物抒怀，在本色中深入地融入了自己的身世之感，从而形成了耐人咀嚼的蕴藉的意境，进一步提升了词人的雅致情思，使词作平实而典雅。

题画诗

清·吴有如[1]

只凭风力健，不假羽毛丰。
红线凌空去，青云有路通。

【注释】

[1]吴友如(约1840～1893年):中国清代画家。名嘉猷,字友如。元和(今江苏吴县)人。幼家贫,早孤,喜爱绘画,后在苏州山塘画店观摩学习改琦、费丹旭、任熊等人的作品。曾为桃花坞年画店铺绘制画稿,并以卖画为生。光绪十年(1884年)应上海点石斋书局之聘,主编《点石斋画报》,曾应诏北上为宫廷作画,后自办《飞影阁画报》。其画取材市井风俗、时事新闻,以线条描绘物象,黑白分明,形象鲜明,主题突出,画风工整,构图繁复,部分作品吸取了西洋画的透视方法。

【赏析】

清代的风筝制作和放飞非常盛行,人们争相娱乐。吴友如是清代有名的画家,对这一民俗以绘画的形式加以表现,并配以题画诗进行表述。题画诗以谜语的形式形象地展现了风筝的神韵。这首诗寥寥数语,有声有色地描述了放飞的风筝的特征和神采,洋溢着乐观向上的情绪。诗作语言通俗易懂,简洁而韵味隽永。

春日信笔

清・陈长生[1]

软红[2]无数落成泥,庭前催春绿渐齐。
窗外忽传鹦鹉语,风筝吹落屋檐西。

【注释】

[1]陈长生:一作嫦笙,字秋谷,杭州人。清中叶女诗人,著名弹词《再生缘》作者陈端生之三妹,著有《绘声阁诗集》。

[2]软红:落花。

【赏析】

这首诗描写了庭园的春景,画面色彩鲜明,通过几个典型的事物传播着春天的信息。前两句描写了纷纷飘落的花儿和越来越浓郁的绿色,无数的落花和"渐齐"的绿叶作为春天典型的意象,生动地展现了春天生机勃勃的景象。三四句通过对鸟语、断线风筝的描写,进一步丰富了春天的繁荣景象,也体现了诗人巧妙的构思。诗人借用"鹦鹉语"反映了人们在春天愉悦放松的心情，通过对吹落在屋檐西的风筝的描述侧面反映了东风的和煦与浩荡，同时也反映出人们享受春光的快乐心情。将放风筝与落花、绿叶、鸟语并列作为春天的典型意象，也表明了放风筝在清代的普遍性。

这首诗笔法细腻，构思新颖，语言简洁，意象丰富，具有很强的艺术感染力。

春闺

清·骆绮兰[1]

春寒料峭[2]乍晴时，睡起纱窗日影移。
何处风筝吹断线？吹来落在杏花枝。

【注释】

[1]骆绮兰(1754～？年)：字佩香，号秋亭，江苏上元(今江苏南京)人。诸生龚世治之妻。早寡，潜心于诗文书画创作，以寄托孤寂情怀。其出众的诗画才情，深得清袁枚、王昶、王文治诸文坛名士的赏识。花鸟画师法恽寿平、文俶笔意。

[2]料峭：略带寒意。

【赏析】

这首诗通过吹落在杏花枝上的断线风筝，塑造了带着淡淡愁思的闺中女子的形象。明媚的春光逐渐驱走了寒意，诗人的心情也随之明朗起来。而窗外断线的风筝挂在了枝头，引起了诗人的无限遐想，也表现了诗人对户外春光的向往之情。整首诗构思精巧，以断线风筝为主要的意象，读来耐人寻味，趣味盎然。

崇川竹枝词二首

清・姜长卿[1]

一

草绿长堤海角东，双蝴蝶戏牧牛童。
声声何处胡笳[2]奏？放出林梢红杏出。

【注释】

[1]姜长卿：清代通州(今江苏南通)人，道光十年(1830年)成书《崇川竹枝词》。

[2]胡笳：我国古代北方民族的管乐器，传说由汉张骞从西域传入，汉魏鼓吹乐中常用之。

【赏析】

诗人是南通人。南通风筝俗称“板鹞”，历来以其优美的造型、精巧的工艺和独特的音响效果而闻名于世。到清代末期，该地的风筝已与北京、天津、潍坊等地的风筝齐名而称誉全国了。此诗是《崇川竹枝词》第84首，其注云：“风筝有大如风帆者，其制有双蝴蝶、单蝴蝶之名，其声彻云如胡笳然，惟近堤处最多。长堤春草为海门八景之一。”该诗反映了南通板鹞的基本特色，大如风帆，装有哨口，声震云霄，音若胡笳，这是南通板鹞区别于其他地方风筝的主要特点。该诗记录了南通民间放飞板鹞的盛况。

二

风筝二月试春风，剪翠裁红折叠工。
袖手[1]暗藏通一线，玉人只在锦奁[2]中。

【注释】

[1]袖手：藏手于袖，展示闲逸的神态，此处用来表现风筝线安装隐秘，无妨于风筝美的外形。

[2]锦奁：古代妇女梳妆用的镜匣。

【赏析】

这首风筝诗见《崇川竹枝词》，描写的是美人风筝放飞的美妙景象，是描写人物风筝的佳作。其注云："如皋风筝，其制不一。有美人风筝，以绢素为之，着以色彩，设为翠羽，骨节中有钉铰可折叠置小奁中。放之则二八丽姝，姗姗来云中矣。"

在人物风筝中，妇女形象占有相当的比例。如《洛神》《西施》《昭君出塞》《貂蝉》《花木兰》《天女散花》《天女思凡》《仙女跨鹤》《嫦娥奔月》《麻姑献寿》《荷花仙子》《王母巡天》等等，不一而足。这些女性形象大都具有身材婀娜、装束艳丽、容貌秀美、神情端庄的特点。明人张元长在《笔谈》中记载了艺人梁伯龙制作风筝的情形："近作女人形，粉面黑鬓，红衣白裙，入于云霄，袅娜莫状。"诗人看到了放飞的美人风筝如天上仙女，写下了这首叹为观止的美人风筝诗。

纸　鸢

清・方芳佩[1]

剪纸为形骨相[2]寒，常依稚子[3]博悲欢。
偶然得藉微风力，却要旁人仰面看。

【注释】

[1]方芳佩(1728～1808 年)：字芷斋，号怀蓼，浙江钱塘人。工诗，有才华，常与徐淑则等唱和。梁山舟重宴鹿鸣，赋诗四章，和者百余人。芳佩时年八十，亦和三章，评者以为诸人不能及。女及媳均能诗，一门均以风雅称。芳佩著有《在璞堂集》，王鸣盛为之序，推赞备至。

[2]骨相：指人或动物的骨骼、形体和相貌。此处意指风筝的骨架。

[3]稚子：幼儿，小孩子。

【赏析】

这是一首借物咏怀的诗，诗人借风筝讽刺那班靠人提携而又装腔作势之辈，托物言志，鞭辟入里。该诗首先描写了风筝的特征，外形是剪纸而成，内里是轻薄的竹片。风筝外形虽然各式各样，丰富多彩，但实质上却浅薄，缺乏内涵。只有小孩子才会喜欢放风筝，风筝凭借着风力飞上天，却需要人们去仰视它。诗人以风筝来比拟世间浅薄而又傲慢的人，角度新颖，比喻贴切，寓意丰富。

潍县竹枝词·春天

清·郭麐[1]

一百四日小寒食[2]，冶游[3]争上白狼河。
纸鸢儿子秋千女，乱草新来春燕多。

【注释】

[1]郭麐(1767～1831年)：字祥伯，号频迦，江苏吴江人。

[2]小寒食：寒食的第二天，一说为前一天。《岁时记》云，冬至后一百零五日为寒食。此诗中提到"一百四日小寒食"，小寒食指的是寒食的前一天。

[3]冶：通"野"。冶游，即野游，指男女在春天或节日里外出游玩。

[4]白狼河：今作"白浪河"。自古白浪河沙滩就是人们春游放风筝的地方。

【赏析】

这首诗描写了春天老百姓郊游踏青的民俗场景，宛如一幅热闹非凡的风俗画，颇有情趣。该诗首先点明了游玩的时间、地点。小寒食即清明前后，正是人们享受春光的美好季节。河边是人们游玩的最佳去处，大家争相来到这儿，热闹的场景更加增添了大家的兴致。诗的后两句描写了游玩的场景。游玩的方式多种多样，而最受欢迎的则是放风筝和荡秋千。男孩子放风筝，跑得不亦乐乎；女孩子则荡秋千，亦是心旷神怡。不远处新长出的草丛中，从南方飞回的燕子飞来飞去，仿佛也和大家一样在享受美好的春光呢！

这首诗思路清晰，语言简洁而内容丰富，描述了一派生机勃勃的春日场景，具有很强的感染力。

纸鸢篇

清·舒铁云[1]

杏花深巷春泥消，粥香饧[2]白闻吹箫。
东风枭枭[3]二十四[4]，已有少年相招邀。

云皋[5]烟隰[6]春衫影，朝取长绳系韶景[7]。
此时韶景安可知，低昂高下随群儿。
儿呼拍手欢无极，仰面看天齐着力。
鹍鹏化去未可期，莺燕飞来似相识。
浮云浩浩[8]风棱棱[9]，太虚[10]一点高一层。
初疑翩翻下黄鹄[11]，又若搏击呼苍鹰。
雕陵[12]乌鹊不得意，银潢[13]日夕思回腾。
微缯[14]纤缴[15]岂知数，看尔白日能飞升。
飞升毕竟难与说，隐隐红灯夜深灭。
银竹[16]生愁细雨多，青频[17]复恐微飙[18]绝。
孤鸿何处怨飘零，病鹤谁家舞蹩[19]躠[20]。
别有风弦汉殿筝，宫商[21]一线遥呜咽。

【注释】

[1]舒铁云(1765～1815年)：名位，号铁云，清朝有名的文人。乾隆五十三年(1788年)举人。舒铁云因世道艰难、仕途坎坷而对社会颇有不满情绪，其诗文"郁怒横逸"(龚自珍语)。有《瓶水斋集》及杂剧数种。

[2]饧(xíng)：用麦芽或谷芽熬成的饴糖。饧粥，甜粥。白饧，用米或杂粮加麦芽或谷芽熬成的一种糖。

[3]臬臬：象声词，呼喊声。

[4]二十四：一年有24个节气，又称"二十四气"，因以"二十四"作为"气"的歇后语。此处指清明时节。

[5]皋：水边的高地。

[6]隰(xí)：低湿的地方。

[7]韶景：美丽的春光。

[8]浩浩：广阔宏大。

[9]棱(léng)棱：形容严寒。

[10]太虚：天，天空。

[11]黄鹄：鸟鸣。

[12]雕陵：栗林名。《庄子·山木》："庄周游乎雕陵之樊。"成玄英疏："雕陵，栗园名也。"一说山陵名。王先谦集解引司马彪曰："雕陵，陵名。"

[13]银潢：天河，银河。

[14]缯(zèng)：捆，扎。

[15]纤缴：系在箭上的细生丝绳，射鸟用。

[16]银竹：银白色的竹子，常比喻大雨。

[17]青蘋：即青苹，一种生于浅水中的草本植物。

[18]飙(biāo)：暴风。

[19]蹩：跛，扭伤了脚脖子。

[20]蘖：树木砍去后从残存茎根上长出的新芽，泛指植物近根处长出的分枝。

[21]宫商：五音中的宫音与商音。泛指音乐、乐曲、音律。

【赏析】

这首诗运用细腻、生动的笔法描述了放风筝的过程，内容丰富，颇具艺术感染力。首先，诗人表明了放风筝的时间。放风筝的最佳时节是清明前后，在这个时节，诗人感受到了浓郁的春天的气息。浩荡的东风吹绿了大地，杏花纷纷飘落，人们从严冬走入了暖春，巷子里充满了香甜的粥米香，远处飘来了悠扬的箫声，到处呈现出勃勃的生机。诗人通过清明时节富有代表性的事物的描述，为下文放风筝做好了铺垫。放风筝是清代人春天游玩的主要方式之一，而最能感受到放风筝的乐趣的则是那些活泼爱动、无忧无虑的少年。诗人进而塑造了放风筝的少年的形象。少年们早已脱去厚重的冬衣，穿上了春装，呼朋引伴，奔跑着，呼喊着，兴高采烈地去放风筝。河边、草地，到处都能看到他们放风筝的身影。放飞的风筝有的高，有的低，他们仰着头看着风筝，为飞起的风筝而欢呼雀跃。在诗人看来，少年们牵引的不仅仅是风筝，而是牵引着无限的春光。

这首诗的重点是对放飞的风筝的描述，在描述了放风筝的时节和放飞的少年之后，诗人以铺叙的方式和比拟、对比等修辞方式对风筝的姿态进行了细腻、生动的描述。有的风筝仿佛归来的鲲鹏，有的如黄莺、燕子，与天空中飞着的鸟儿难以分辨，有的如翩翩飞舞的黄鹄，有的如搏击长空的苍鹰……飞上天空的风筝让人眼花缭乱，栗林里的鸟雀难以与之相媲美。大家放风筝忘记了时间，不知不觉天色暗下来。清明时节是春雨经常飘落的季节，东风有时会慢慢小了，放风筝会因此大受影响。细雨微风中风筝如飘零的孤雁，又如跛了脚的仙鹤蹒跚舞动，少了一丝欢快，多了一些凄凉。

这首长达28句的七言排律，在吟咏风筝的诗词中是不多见的。整首诗脉络清晰，从放风筝的时节、少年，到风筝放飞后的姿态，从风筝放飞的盛况到尾声，一气呵成。这首咏物诗通过对放风筝方方面面的描绘，为我们展现出了一幅幅多姿多彩的民俗画面，也表明了放风筝在清代已成为大众喜爱的娱乐健身方式。

笨拙俚言[1]

清·吴好山[2]

微和澹荡[3]锦宫城柳色青青天气晴。
三较场[4]中宽敞好,儿童逐队斗风筝。

【注释】

[1]俚言:方言俗语。

[2]吴好山:对清诗人吴乔的雅称。清袁枚《随园诗话》卷三:"山阴吴修龄(吴乔)有句云:'雁将秋色去,帆带好山移。'人因呼之曰'吴好山'。"

[3]澹荡:轻轻飘荡。澹,恬静、安然的样子。

[4]较场:即校场,指旧时操练、演习或比武的场地。

【赏析】

这首诗描写了儿童放风筝的场景。前两句描写了春天美丽的风景,天气晴朗,柳色青青,春风和煦,整座城市也好像焕然一新,人们的心情也更加舒畅。而最快乐的是孩子们,他们在宽敞的操练场上正比试放风筝呢!整首诗洋溢着和睦温馨的气氛,也让人由衷地体悟到诗人对美好春光的热爱之情。

北京风俗杂咏

清·方元鹍[1]

假面泥孩[2]不值钱,儿嬉又过试灯[3]天。
归家整理黄麻线,尽日风头放纸鸢。

【注释】

[1]方元鹍:字海槎,号铁船,浙江金华人。生卒年均不详,约清仁宗嘉庆二十一年(1816年)前后在世。少耽吟咏,为诸生,数十年悲忧愉乐,一寓于诗。嘉

庆六年(1801年)进士。官工部主事。性孤洁,不耐官事,暇则扃户长吟,门径萧然。元鹍工诗,极为朱珪所赏。著有《铁船诗钞》12卷、《凉棚夜话》6卷、《旧雨新谈》4卷及《铁船乐府》;又尝辑唐、宋、金、元、明七律为《指南甲乙篇》,与《清史列传》并行于世。

[2]泥孩:泥塑娃娃。

[3]试灯:旧俗农历正月十五日元宵节晚上张灯,以祈丰稔,未到元宵节而张灯预赏谓之试灯。

【赏析】

这首诗通过几个典型的场景的描写集中反映了北京的风俗民情。首先是颇为大众尤其是孩子们喜爱的泥孩。形象逼真、价格低廉的泥孩是人们游玩时竞相购买的物品。其次是花灯。正月十五元宵节是挂灯、赏灯的日子,花灯的构思、制作、欣赏是北京人过了春节后的一个重头戏。其三就是随着天气转暖,放风筝成为人们娱乐的重要方式。诗人通过对这三种风俗的描写,集中反映了北方人丰富的民俗生活。

锦城竹枝词[1]

清·杨燮[2]

春来东角较场前,赌放风筝众少年。
马尾偏牵羊尾小,一群高放美人边。

自注:春天,"东校场"众少年赛放风筝,亦一好光景也。风筝如美人、鹰、蝶等式,多以大为贵,独羊尾以小见奇,且连放三五个,如羊群摇尾于上,是又多出奇也。在空中众美具时,亦不可无此小点缀,又或多接马尾代麻线用,谓较轻些。

【注释】

[1]锦城:即锦官城,城名。故址在今四川成都南。成都旧有大城、少城。少城古为掌织锦官员之官署,因称"锦官城"。后用作成都的别称。

[2]杨燮:号六对山人,清乾隆时出生,四川成都人。著有《锦城竹枝词》,录自作竹枝词百首。

【赏析】

这首诗集中描绘了一个场景来表现充满勃勃生机的春天。场景选择了场地开阔的东校场,在这儿发生了一件有趣的事情:众少年比赛放风筝。为了取胜,每个人可以说从风筝的构思、制作到如何放飞都花费了很多心思。放飞在天空中的风筝可谓是形态各异、争芳斗艳,有以大为美的美人风筝等,也有以小取胜的羊尾风筝,有大有小,相映成趣。这场风筝赛举办得真是如火如荼!这首诗表明放风筝作为一种民俗,不仅为北方人所钟爱,南方人亦是从中享受了无尽的乐趣。

无　题[1]

清·轩治翁

清池玉水绕山川,携子伴友放纸鸢。
杨柳轻指意欲醉,疑是梦境回童年。

【注释】

[1]诗文以"无题"为题,表示无题可标或不愿标题。该诗以"无题"为题,意在表现诗人"携子伴友"放风筝带来的种种感慨,无以言表。

【赏析】

放风筝虽然是人们一种重要的娱乐方式,但真正身体力行、体味其中乐趣的大多是孩子们,长大成人了反而拘禁了,很难彻底放松自己去放风筝。诗人描写了自己在春光美景中带着孩子,与朋友一道放风筝的心情。难得彻底放松自己,融入这美丽的景色中,感受放风筝的乐趣,仿佛回到了无忧无虑的童年。

这首风筝诗选题角度新颖,构思巧妙,读后让人们感受到放风筝愉悦身心的功能,也引发了对童年的回忆和眷恋。

美人风筝

清·杨仲愈[1]

雾谷云销妙剪裁，好风相送上瑶台[2]。
尘缘一线时时断，碧海青天任去来。

【注释】

[1]杨仲愈：字子恂，又字去疾。风流文采，照映一时，著有《剑秋阁诗文集》。

[2]瑶台：美玉砌成的华丽楼台，传说为神仙所居住。

【赏析】

这是一首借物咏怀的诗作，诗人通过对断线的美人风筝的描写，抒发了自己对挣脱羁绊、自由自在生活的向往。精制美妙的美人风筝在和煦的春风中飞上天空，而由于风筝线的牵引，美人风筝难以在碧海青天中真正显示自身曼妙的舞姿。诗人渴求如断线的美人风筝一样，摆脱"尘缘"的拘束，得到一种精神上的自由。

都门竹枝词[1]

清·杨米人[2]

风鸢放出万人看，千丈麻绳系竹竿。
天下太平新样巧，一行飞上碧云端。

【注释】

[1]都门：京城都门，用来借指京都。

[2]杨米人：桐城人。约1766年前后在世。工于作曲，尝谱秦淮名妓汤氏二姝事，为《双珠记》传奇、《续板桥杂记》传于世。

【赏析】

这首竹枝词描述了北京城放风筝的习俗和盛况。清代放风筝已成为人们清明前后娱乐的主要方式之一,北京城更是将这一娱乐发展到了极致。为了形象地呈现诗中都城人竞相放飞风筝的盛况,短短的四句诗中,诗人就运用了三个数量短语。一是"万人",虚指京城人放风筝的人之多,颇有全城人都来参与的气势;二是"千丈"的麻绳,以夸张的手法表明风筝线之长、风筝放飞之高;三是"一行",其他的风筝诗一般描述一只风筝或几只风筝,但该诗中诗人用一行来形容放飞的风筝之多。这首竹枝词语言朴素,描述生动,宛如一幅生动的风俗画。

咏如皋风筝[1]

清·方基纪[2]

春船天上坐,冉冉托春风。
百张牵霄汉,双桡[3]划天远。
星槎[4]何处泊,仙棹[5]几人同?
云路频来往,都归掌握中。

【注释】

[1]如皋:中国风筝四大产地之一,其风筝的特点是轻灵、小巧,色彩丰富,种类繁多。

[2]方基纪:清康熙朝邑廪生。

[3]桡(ráo):桨,辑。

[4]星槎(chá):往来于天河的木筏。传说古时天河与海相通,汉代曾有人从海渚乘槎到天河,遇见牛郎织女。(见晋张华《博物志》卷三)后用来泛指舟船。

[5]棹(zhào):划船的一种工具,形状和桨差不多。

【赏析】

这首诗是较早直接咏写如皋风筝的诗,其注道:"皋人巧为风筝之制,凡人物车船放之空中,无不曲肖。"这首诗突出如皋风筝造型巧妙丰富的特征,集中表现了风筝中难以制作的船的造型。诗中所咏的这只船儿风筝,与水里的船儿一样逼真，但飞上天的船儿却有着别样的情趣。船儿风筝在春风中缓缓升上天空，如水中平稳舒适。船上有着上百条汉子，更增强了船儿风筝的气势。船儿风筝飞上天引起了人们无限的遐想，仿佛看到了飘来飘去的神仙，又仿佛感觉人与上天之间神秘的鸿沟消失了，“云路频来往，都归掌握中”。

这首风筝诗选材新颖，联想丰富，进一步开拓了风筝诗创作的视野。

罢　官

清·郑板桥[1]

老困乌纱十二年，游鱼此日纵深渊。
春风荡荡春城阔，闲逐儿童放纸鸢。

【注释】

[1]郑板桥(1693～1765年)：我国清代著名书画家和诗人。从乾隆十一年(1746年)始知潍县(今潍坊)七年，并有“七载春风在潍县”等诗句传世。此前曾知山东范县五年。1753年，即乾隆十七年秋，郑板桥被罢官。第二年春，即将返回扬州时，首作《罢官诗》二首，此诗为第一首。

【赏析】

这首诗集中表现了诗人离开官场回归田园生活的心情。“游鱼此日纵深渊”，郑板桥“久羁政海，精力日衰”，“盖宦途有夷有险，运来则加官晋爵，运去则身败名裂”(见《潍县署中寄内子》)，早有退志，今得去官，犹如鱼之得水。“闲逐儿童放纸鸢”，罢官一身轻，乘春风荡漾与儿童放风筝嬉戏，诗人感受难得的轻松与愉悦。

纸　鸢

清·袁牧[1]

纸鸢风骨假棱赠，蹑惯云霄自觉能。
一旦风停落泥滓[2]，纸飞远不及苍蝇。

【注释】

[1]袁枚(1716～1797年):清代诗人、诗论家。字子才,号简斋,晚年自号仓山居士、随园主人、随园老人。钱塘(今浙江杭州)人,是乾隆、嘉庆时期代表诗人之一。著作有《小仓山房文集》、《随园诗话》16卷、《补遗》10卷、《新齐谐》24卷、《续新奇谐》10卷等。

[2]泥滓(zǐ):泥渣,比喻尘世。

【赏析】

这首诗采用比拟的手法,将风筝飞入高空与跌落尘世的状态进行了鲜明的对照借以表达诗人对人生的看法。飞入天空的风筝自以为有着骄人的才能,但一旦风停之后便跌落下来,就连苍蝇也比它飞得远。诗人借风筝之事讽刺那些惯于依仗权势、狐假虎威的人,当他们所依靠山一倒,就会原形毕露,丑态百出,可谓入木三分。

鼓笛慢·咏风筝

清·蒲松龄[1]

寻常竹木[2]无奇骨,有甚底,扶摇相[3]?系长绳,撒向春风里,顷刻云霄飞上。多少红尘客[4],望天际,一齐瞻仰。念才同把握[5],忽凌星汉,真人事,非非想。　　得意骄鸣不了,似青冥[6],无穷佳况。我从人众,凭空翘首,将心情质问:不识青云路,去尘寰[7],几多寻丈?得何时,化作风鸢[8]去呵,看天际边怎样?

【注释】

[1]蒲松龄(1640～1715年):字留仙,号柳泉居士,淄川(现山东省淄博)人,清代文学家。他早年热衷功名,但是多次参加科举不中,在家乡做了四十年的教书先生。坎坷的遭遇,贫困的生活,使蒲松龄同劳动人民有着密切的联系。他把长期积累和搜集的民间传说,经过精心创作,写出了短篇小说集《聊斋志异》,他也因此被誉为中国的"短篇小说之王"。

[2]寻常竹木:此指制作风筝的普通竹木。

[3]扶摇相：盘旋高飞的样子。

[4]红尘客：红尘，佛家语，指闹市飞尘，引申为人间世俗。红尘客，指人世间热衷于名利者。

[5]才同把握：意谓刚才还携手在一起。

[6]青冥：天空。

[7]尘寰：尘世。

[8]风鸢：风筝。

【赏析】

这首词通过吟咏风筝抒发了作者对仕途的感慨。词分上下两片。上片描写了风筝放飞的过程。在这个过程中，作者抓住了风筝的轻、薄、借助风力方才升空的特征，比喻社会上缺德少才甚至无德无才却能趋炎附势而扶摇直上、飞黄腾达的人，世人仰视他们是由于他们权高位重。下片是作者由风筝联想到那些飞黄腾达的人，进而又想到自己满腹经纶却仕途坎坷的命运，通过对高飞的风筝的质问，表达了自己对化作风筝飞向云霄的向往。

这首词构思独特，表述真切，语言诙谐幽默。如用“无奇骨”比喻无德无才之人；用“顷刻云霄飞上”，嘲讽这些人扶摇直上，飞黄腾达；用“念才同把握，忽凌星汉”来讥讽他们一旦高升就变脸，对往日的旧友自恃傲慢，具有很强的艺术感染力。

放风筝

清・李声振[1]

以线系纸鸢，乘风纵之，恒在清明前郊外也。

百丈游丝放纸鸢，
芳郊[2]三五禁烟前。
风筝可惜名空好，
不及雷琴[3]张七弦[4]。

【注释】

[1]李声振：号鹤皋，河北清苑人，乾隆中期进士，《百戏竹枝词》的作者。

[2]芳郊：花草丛生之郊野。

[3]雷琴：唐代琴工雷威所制作的琴。据唐李肇《唐国史补》载："蜀中雷氏斲琴，常自品第，第一者以玉徽，次者以瑟瑟徽，又次者以金徽，又次者螺蚌之徽。"泛指古代文物。

[4]张七弦：张弦，安上琴弦，绷紧琴弦。汉王充《论衡·谴告》："鼓瑟者误于张弦设柱，宫商易声。其师知之，易其弦而复移其柱。"汉蔡琰《胡笳十八拍》："两拍张弦兮弦欲绝，志摧心折兮自悲嗟。"

【赏析】

这首风筝诗反映了清明时节放风筝的习俗。清明时节，长长的丝线牵引着高高的风筝，在风中愈飞愈高，令人心旷神怡。风筝早期都安装竹笛，在放飞的同时竹笛也会发出悦耳的声音，但后来风筝常常不安装竹笛，所以又称为纸鸢。诗人在观赏风筝的同时还表现出了对装有竹笛的风筝怀念，从侧面也反映了历史上风筝的发展变化。

美人风筝

清·吴我欧

髣髴[1]轻盈汉丽娟[2]，回风[3]歌罢舞翩翩。
争看蔽月[4]容入画，但解凌云骨已仙。
花信[5]几番凭妾寄，情思一缕被郎牵。
晚来欲把红妆照，添个银灯在上边。
纵入朱门不受鞿[6]，嬉时恰乘蕙风[7]微。
翩然乘风偕秦女[8]，瞥尔惊鸿妒洛妃[9]。
细声乍鸣双玉佩，轻躯须着五铢衣。
最怜春色长门[10]老，瘦损宫腰尺六围。
何心花底学迷藏，爱映红霞斗晓妆。
环佩声俄飘柳陌，秋千影共出苔墙。
山屏远列身如倚，波镜频窥胆不张。
欲为杏梢闲绊住，归来衫袖惹余香。
小别芳姿又一年，桃花娇面尚依然。

赤绳系就氤氲[11]使，粉红修成折叠仙。
望远只愁衣化蝶，步虚岂假木为鸢。
休嗟薄命多漂泊，金屋名姝一例[12]传。
漫歌桃叶泛春流，红线差堪[13]结伴游。
日暮寒怜生翠袖，雨深闲恨锁木楼。
凭将素面朝天去，绝少芳纵印月留。
嫁于东风应色喜，云乡来往剧清幽。

【注释】

[1]髣髴：同"仿佛"。

[2]丽娟：汉武帝所宠爱的宫女名。后多泛指美女。

[3]回风：回旋的风。

[4]蔽月：即闭月，使月亮藏到云里，形容女子相貌俏丽无比。此处用来形容美人风筝。

[5]花信：花开的信息。

[6]羁(jī)：羁绊。

[7]蕙风：和暖的春风。

[8]秦女：指秦穆公女弄玉。三国魏曹植《仙人篇》："湘娥抚琴瑟，秦女吹笙竽。"黄节注："《列仙传》曰：'萧史者，秦缪公时人也，善吹箫。缪公有女，号弄玉，好之，公遂以妻焉。遂教弄玉作凤鸣吹，似凤声，凤凰来止其屋。'"唐岑参《崔驸马山池重送宇文明府》诗："不逢秦女在，何处听吹箫?"鲁迅《集外集·〈赠人〉诗之二》："秦女端容理玉筝，梁尘踊跃夜风轻。"

[9]洛妃：传说中的洛水女神宓妃。南朝梁刘令娴《答外诗》之二："夜月方神女，朝霞喻洛妃。"唐冷朝阳《送红线》诗："还似洛妃乘雾去，碧天无际水空流。"清秋瑾《红莲》诗："洛妃乘醉下瑶台，手把红衣次第裁。"

[10]长门：汉宫名。汉司马相如《长门赋》序："孝武皇帝陈皇后，时得幸，颇妒，别在长门宫，愁闷悲思。闻蜀郡成都司马相如天下工为文，奉黄金百斤，为相如、文君取酒，因于解悲愁之辞。而相如为文以悟主上，陈皇后复得亲幸。"后以"长门"借指失宠女子居住的寂寥凄清的宫院。

[11]氤氲：古代指阴阳二气互相作用的状态，此处指浓重、弥漫的云气。

[12]一例：同等，一律。

[13]差堪：略可。

【赏析】

这首风筝诗通过美人风筝的形象、姿态、命运表现了古代深闺女子受羁绊的命运和哀怨愁苦的心情，反映了诗人对女子悲惨命运的深切同情。

该诗开篇呈现了一幅翩翩飞舞的美人风筝的画面，描写了美人风筝精美绝伦的体态，既有人间美女的姿态，又得天仙的神韵。继而诗人通过“花信几番凭妾寄，情思一缕被郎牵”，将思绪由令人陶醉的美人风筝转入女子的哀婉情思，点明了诗人借风筝咏叹女子命运的主题。诗人并没有直接描述女子的生活与思想感情，而是对放飞在空中的美人风筝自由自在的情态的描绘，反衬女子在深闺中不得自由、感情备受压抑的心情。诗中多次运用典故，以铺叙的方式展现了美人风筝不受羁绊的神态，典故如“乘凤偕秦女”“惊鸿妒洛妃”“春色长门老”等，反衬出历代女子的不自由。诗作进一步具体描绘了美人风筝在大地山川自由自在飞舞的身姿，如“环佩声俄飘柳陌，秋千影共出苔墙。山屏远列身如倚，波镜频窥胆不张”，一会儿飘过柳树梢头，一会儿飞过庭院，群山好比她依靠的屏障，水面是她梳妆的镜子。在杏树梢头悠闲休憩，飞走时沾满了杏花的清香。年复一年，美人风筝依旧风采照人。美人风筝的反衬不由得让人对深闺女子的命运产生了深深的怜惜之情，“休嗟薄命多漂泊，金屋名姝一例传”。诗的最后生发了深深的感慨：“嫁于东风应色喜，云乡来往剧清幽。”

这首闺怨诗选材独特，内容丰富，一方面描述了深闺女子如美人风筝一样有着优美的姿态，另一方面通过美人风筝反衬女子的不自由和对自由、美好生活的向往。整首诗采用了铺叙的叙写方式，典故多，辞藻华丽，色彩丰富，颇有汉大赋的风格。

山塘棹歌·放断鹞[1]

清·杨韫华[2]

春衣称体近清明，风急鹞鞭处处鸣。
忽听儿童齐拍手，松梢吹落美人筝。

【注释】

[1]棹(zhào)歌：行船时所唱之歌。

[2]杨韫华：清朝人，女，号雅云，一号迟云。江苏苏州人。天才俊逸，文学柳宗元，诗学陶渊明，偶学画松，逼肖。

【赏析】

这首诗描写了清明时节放飞风筝的场景。快到清明了,天气渐渐转暖,人们换上了春装,到户外放风筝。该诗集中描写了样子做成鹞的风筝放飞的热闹场景。诗中所说的"鹞鞭",指缚于风筝背上的竹片做的簧,迎风如鞭鸣响;"美人筝",即美人形的风筝。整首诗洋溢着浓郁的春天的气息。

咏风鸢学江东体[1]

清·赵执信[2]

节候迁移物象[3]分,春深城野见纷纭。
偶缘涂饰能成质,才有因依便入云。
线影暗凭童稚引,风声高逼帝天闻。
伤鸿病鹤知多少,息羽垂头合让君。

【注释】

[1]江东体:元散曲风格之一种,其特征是章法技巧"端谨严密"(朱权《太和正音谱》)。

[2]赵执信(1662~1744年):字伸符,号秋谷,亦号无想道人,晚号饴山老人。清代著名的现实主义诗人、诗论家、书法家。14岁中秀才,17岁中举人,18岁中进士,后任右春坊右赞善兼翰林院检讨。28岁因观演《长生殿》案而被削职。此后五十年间,漫游南北,写下了许多反映社会现实的优秀诗篇,遗着有《饴山诗集》《饴山文集》《谈龙录》《声调谱》等,晚年退居别墅——因园。

[3]物象:景物,风景,物候现象。

【赏析】

这首诗通过对风筝的描述,赞颂了风筝的品格,也表达了诗人的心曲。该诗首先介绍了放风筝的时节与场所。风筝深得人们的喜爱,春深时节,城市乡村众多风筝在天空飞舞。风筝制作简单,描一描,画一画,便多姿多彩;放飞方便,只要有风就可放飞。小孩子们熟练地牵引着风筝线,看着风筝越飞越高,仿佛飞到了天空。风筝矫健的身姿让天上的鸟儿都为之让路,自叹不如。

整首诗起笔于风筝放飞的时节、场所，中间描绘风筝的特征，结尾以“伤鸿病鹤”“息羽垂头”衬托风筝的品格，结构严谨，思路清晰。诗作语言简练，讲究对仗，如“线影暗凭童稚引，风声高逼帝天闻”两句，对仗非常工整巧妙，很好地体现了“江东体”的特征。

民谣·十个大姐放风筝[1]

清·无名氏

三月里来是清明，姐妹十人去踏青，
捎带着放风筝，放风筝。
大姐放的白素贞，二姐放的是许相公，
西湖来调情，来调情。
三姐放的杨宗保，四姐放的是穆桂英，
气死六郎公，六郎公。
五姐放的张君瑞，六姐放的是崔莺莺，
红娘真机灵，真机灵。
七姐放的祝九妹，八姐放的是山伯兄，
尼山读《诗经》，读《诗经》。
九姐放的牵牛郎，十姐放的是织女星，
天河隔西东，隔西东。
风筝越高情越浓，引来一群小后生，
一阵脸儿红，脸儿红。
不知不觉拽风筝，暗暗拜求月老翁，
红线你传送，你传送。

【注释】

[1]民谣：民间流行的、富于民族色彩的歌曲，称为“民谣”或“民歌”。民谣的历史悠远，故其作者多不知名。民谣的内容丰富，有宗教的、爱情的、战争的、工作的，也有饮酒、舞蹈作乐、祭典等等。

【赏析】

这首民谣通过描写姑娘们放飞风筝的场景，表现了她们对爱情的热烈追求。该诗构思巧妙，选取了十个姑娘清明时节去踏青、放飞风筝，十位姑娘放了五对风筝，每对风筝都是对经典的爱情故事的演绎。第一对是白娘子与许仙，第二对是杨宗保与穆桂英，第三对是张君瑞与崔莺莺，第四对是祝英台与梁山伯，第五对是牛郎与织女，五个故事都为大家耳熟能详，典型地反映了该诗的主题。姑娘通过放飞风筝寄托了自己的爱情理想，沉浸在美好的想象之中，“风筝越高情越浓”，暗暗地祈求月老给自己安排一个好姻缘。整首诗语言通俗，活泼生动，感情自然真挚、热烈直率，充分体现了民谣不同于文人诗词的风格特征。同时这首诗为了便于流传，在押韵上，均押“庚”(eng、ing、ong)韵，朗朗上口，有很强的音乐感。

竹枝词

清・胡梦桂

满湖风月夜沉沉，郎比风筝侬[1]月琴[2]。
柳线牵风系郎意，荷花浸月印侬心。

【注释】

[1]侬：方言，你。在旧诗文中多为“我”。此处指“我”。

[2]月琴：拨弦类弦鸣乐器，因音箱圆如满月而得名。

【赏析】

这首诗描写了月夜一位女子对心上人的思念之情，也表达了主人公对爱情的执着。该诗首先描绘了月夜湖边的景色，夜深了，微风吹拂，柳枝轻轻摇摆，月儿映在水中，荷花飘香，主人公在这样的月夜情思连绵，浮想联翩。该诗不仅意境优美，而且构思巧妙，以风筝、荷花为喻，用风筝喻男方，隐含着志向高远的意味，用节操高洁的荷花象征女子忠于爱情的一片赤心。

诗作意境丰富，构思巧妙，给人以耳目一新的感觉。

无　题

清・陈文瑞[1]

春随地气上腾时，羊角风罡[2]旋旋吹。
天半纸鸢飞去稳，缫车[3]闲理手中丝。

【注释】

[1]陈文瑞：清乾隆年间人。
[2]罡(gāng)：指风力强劲。
[3]缫车：抽茧出丝的工具。

【赏析】

这首诗描写了放风筝的悠闲场景。大地回春，风儿刚劲，正是放飞风筝的时节。放飞的风筝在半空中稳稳地飘浮，放风筝的人悠闲地整理着风筝线，反映了放风筝的人高超的技艺。

都门百二十咏一首

清・鲍东植

厂甸[1]开时百货会，肩摩毂[2]击日喧阗[3]。
风筝古董兼糖豆，尽赚儿童大老钱。

【注释】

[1]厂甸：地名。在北京和平门外。辽时名海王村。因其地有琉璃窑也称琉璃厂。为出售书籍、字画、古玩、文具等商店聚集处。
[2]毂：落叶乔木，树皮纤维可造纸。
[3]喧阗(tián)：亦作"喧填"或"喧嗔"。喧哗热闹。

【赏析】

此诗见鲍东植的《都门百二十咏》。

这首诗描绘了厂甸百货会繁华的景象。百货会上人山人海；买东西的摩肩接踵，非常拥挤；卖东西的敲锣打鼓，吆喝着，非常热闹。而最受孩子们欢迎的则是物美价廉的风筝、糖豆等物品。这一景象反映了清代丰富的民俗生活，也反映了风筝作为一种娱乐方式已十分普及。

厂甸新春竹枝词一首

清・夏仁虎[1]

寻常装裹镇疏慵[2]，话到春游兴转浓，
不下珠帘恣[3]俊赏[4]，嫩寒[5]禁得纸鸢风。

【注释】

[1]夏仁虎(1874～1963年)：字蔚如，号枝巢，南京人。近现代著名学者、诗人、国学家，在经学、史学、文学、民俗学、戏剧学等诸多领域都取得了很少有人可以比拟的成就。

[2]疏慵：亦作"疎慵""踈庸""踈慵"。疏懒，懒散。

[3]恣(zì)：放纵，无拘束。方言中意为舒服。

[4]俊赏：卓越的鉴赏力。

[5]嫩寒：轻寒。

【赏析】

这首诗描绘了春日人们游玩时的热闹景象。冬日的慵懒随着春日的到来被一扫而光，人们兴致勃勃地踏青游玩，春游中最受欢迎的娱乐方式则是放风筝。诗人从观赏者的角度展现了人们春游的兴致，春寒料峭也没有阻挡住人们放风筝的脚步，在家里也可以尽情地观赏美丽的风筝呢！

纪游杂诗一首[1]

清·徐嘉[2]

宣南厂肆[3]集珠犀[4],翠憾嬉春驻马蹄。
落日儿童齐拍手,纸鸢飞堕凤城西。

【注释】

[1]纪游:记述旅游情况。

[2]徐嘉(1834～1913年):字宾华,一字遁庵,江苏山阳(今江苏淮安)人。著有学术著作《顾诗笺注》20卷、文学著作《味静斋诗文集》20卷、《丛笔》1卷、《杂诗》1卷、《拾沉录》两种、《夜存录》8卷等。徐嘉的文学成就主要体现在《味静斋诗文集》。近代大学者余樾(曲园)说《诗文集》"质直而有味,清疏而有物。记载时事,敷陈义理,无不曲尽"(《诗文集·序》)。李洋则称"味静斋文,慷慨激厉或多忧世之言"。徐嘉生活在晚清那个中华民族受尽屈辱的时代,7岁时鸦片战争爆发,清末一系列的事件,都亲目所睹,他深知清王朝国事、吏治、教育、治安都坏得不堪收拾。他在自己的著作中发表了不少真知灼见。徐嘉一生写诗4000多首,刊刻了2000首左右。近代史上的重大事件,在他的诗中均有所反映。

[3]肆:店铺。

[4]珠犀:珍珠与犀角,谓珍贵之物。

【赏析】

这首诗撷取了春日常见的景象展现了当时的民俗风情。春天来到了,人们走出家门享受春光,店铺的生意也兴隆起来。而最可爱的还是那帮孩子们,追逐着飘落到城西的风筝。玩了一天,太阳都下山了,还在饶有兴致地玩耍呢!

咏风鸢

清·张砚斋[1]

霞举[2]轩轩[3]五色缯[4],高危那敢不兢兢。
九霄日近增荣彩,四野风多仗宝绳。

本是无心舒薄翼，何须着力使长肱[5]。
槐烟榆火清明后，应似天池六月鹏。

【注释】

[1]张砚斋：即张廷玉，字衡臣，号砚斋，安徽桐城人。康熙庚辰进士，改庶吉士，授检讨，官至太保、保和殿大学士，三等伯。配享太庙，谥文和。有《澄怀园诗选》《载赓集》传世。

[2]霞举：高远。

[3]轩轩：飞舞的样子。

[4]缯(zēng)：古代对丝织品的总称。

[5]长肱：长臂。

【赏析】

该诗见乾隆时人阮葵生的《茶余客话》。

这首诗描绘了风筝在天空中飞翔的场景，以拟人化的手法展现了风筝的特征。诗人从仰视的角度描写了风筝在天上的景象，风筝在高高的天空中，好像是五彩的丝绸在飞舞。虽然高飞的风筝仿佛有着无限的荣耀，但风筝并没有得意忘形，而是深知在空中的危险，也明白宝绳和风力的功劳。放风筝就让风筝随风飞翔吧，不必劳费那么大的精力。在清明时节烟雾蒙蒙的环境里，风筝好比天池的飞鹏那么逍遥自在。整首诗充满了诗人对风筝的喜爱之情。

厂甸诗一首

清・梅曾亮[1]

风光引逐众人行，半是车声半市声[2]。
我惜春忙人怕缓，烧灯[3]时节卖风筝。

【注释】

[1]梅曾亮(1786～1856年)：清散文家。字伯言，江苏上元(今南京)人。道光进士，官户部郎中。少喜骈文，后专力为古文，师事姚鼐，与管同并为桐城派后期重要作家。所作多为书序碑传类文字，亦能诗。著有《柏枧山房文集》《诗

集》等。

[2]市声:街市或市场的喧闹声。

[3]烧灯:指举行灯会或灯市,即元宵节。

【赏析】

这首诗描写了人们春天忙碌的景象。春天来了,人们开始忙碌起来,街市上传来了车马声、喧闹声。刚到元宵节,风筝就匆匆上市了。整首诗洋溢着人们争春的气息。

纸　鸢

清・张劭[1]

画里休看郭恕先[2],巧糊片楮[3]作翩跹。
影驰空碧摇双带,声遏行云鼓一弦。
避雨飞来芳草地,乘风游遍绿杨天。
黄昏人倚楼头望,添个红灯到上边。

【注释】

[1]张劭:劭,一作"匀",字博山,号荻岸散人(一作"山人"),浙江嘉兴人。生卒年均不详,约清康熙二十年(1681年)前后在世。

[2]郭恕先(? ～977年):名忠恕,字恕先,又字国宝,五代末期至宋代初期的画家,洛阳(今属河南)人。工画山水尤擅界画,为世人推重。《圣朝名画评》中评他的界画,为"一时之绝",列为"神品"。传世作品有《雪霁江行图》,上有宋徽宗赵佶题识,现藏台北故宫博物院;《明皇避暑宫图》,传为忠恕所作,现藏日本大阪市立美术馆。

【赏析】

这首诗较为详细地描述了清代风筝的制作和放飞的场景。风筝的制作非常精细,甚至比以精细准确著称的宋代画家郭恕先的画还要精致。首先选材要用片楮即楮树皮,以其为原料所造的纸具有薄而韧的特性,所以用来做糊风筝的纸。为了便于飞行,风筝尾部都沾有两条飘带,也增添了风筝飞翔的神韵。风筝不仅外观漂亮，而且有着嘹亮悠扬的声音。诗人不仅对风筝的制作非常稔熟，而且也特别喜爱放风筝、观赏风筝，诗中在描绘风筝在天空中的姿态和声音后，紧接着以拟人化的手法展现了风筝怡然自得的神情，观赏的人亦是为之心旷神怡。这首诗字里行间洋溢着诗人对风筝的挚爱之情。

美人风筝诗

清・恩竹樵[1]

袅袅东风一线拖，也同织女傍银河。
从来惯作惊鸿舞[2]，才到云霄态便多。

【注释】

[1]恩竹樵：名恩锡，号竹樵（一作樵竹），满族。官漕连厅督，工画墨兰，是有名的书画家。

[2]惊鸿舞：描绘鸿雁飞翔的动作和姿态。唐玄宗李隆基的梅妃江采苹淡妆雅服，姿态明秀，风韵神采，无可描画。她精通诗文，自比东晋才女谢道韫，尤擅长舞蹈，表演惊鸿舞颇负盛名，得到唐玄宗李隆基的赞赏。而梅妃的惊鸿舞着重于用写意手法，通过舞蹈动作表现鸿雁在空中翱翔的优美形象，舞姿轻盈、飘逸、柔美、自如。

【赏析】

恩竹樵生活情趣浓厚而广泛，常常创作咏风筝、高跷等饶有风味的诗歌，《美人风筝诗》即是其中具有代表性的一首。这首诗描写了春天东风吹拂下放飞美人风筝的场景。美人风筝在和煦的春风下徐徐飞上天空，越飞越高，好似同织女一样飞入银河。美人风筝飞舞的姿态犹如唐玄宗的梅妃表演颇负盛名的惊鸿舞，轻盈飘逸，优美自如。美人风筝愈飞愈高后，给人们展现出更多的姿态，让人心旷神怡。诗人在放飞风筝的过程中享受到了无尽的生活乐趣。

这首诗在对美人风筝飞翔的姿态描写的基础上，表现了诗人对风筝的喜爱，也蕴含了其达观、快乐的生活态度。

雪中见纸鸢[1]

清・英和

入得青云耐得寒，临风不惜湿飞翰。
为凫[2]为雁都成幻，徒博儿童举首看。

【注释】

[1]英和(1771～1842年)：满族，字树琴，号煦斋，汉名石同。历仕于清代乾隆、嘉庆、道光三朝，身居要位，政绩卓著。道光七年(1827年)突遭厄运，同其子孙一起被革职、下狱、流放。这首诗就是在流放地黑龙江齐齐哈尔写的。

[2]凫(fú)：野鸭。

【赏析】

英和被发遣齐齐哈尔时年事已高，体弱多病，虽身处逆境但并没有消沉颓唐，而是仍然保持着恬静适然的生活态度。这首诗即是诗人咏物抒怀之作，作品通过对飞入云霄中的风筝不畏风寒的飒爽英姿的描述，表现了诗人超凡脱俗的品格。“入得青云耐得寒，临风不惜湿飞翰”两句，采用拟人的手法展现了风筝“耐得寒”“临风不惜”的品格。在前两句正面描写的基础上，后两句采用侧面烘托的方法，通过孩子们仰头欣赏天空中高高飞翔的风筝，如梦如幻，让人艳羡，进一步表现了诗人眼中风筝的美好、高尚的品格。

风筝二首

清・张光藻[1]

一

裁�[2]剪纸出身轻，无翼能飞巧作声。
每借儿童通线路，偶凭风力上云程。

凝眸似有凌虚势，侧耳如闻得意鸣。
只恐阳春时节过，和烟和雨落荒城。

【注释】

[1]张光藻(1815～1891年)：字翰泉，广德桃州镇人，清末名臣。咸丰六年(1856年)进士，历任曲周望都、完县、邢台等县知县，正定府知府。同治九年(1870年)三月，出任直隶天津知府。因“天津教案”清廷屈服于外国侵略势力，张光藻等被革职充军黑龙江，两年后获释归里。张光藻清廉自守，刚正不阿，能体察民情，官声斐然。作品有诗集《北戍草》等。此处所辑两首诗是诗人充军黑龙江时所作。

[2]筠(yún)：竹子。

【赏析】

放风筝的人，不论儿童和大人，看着自己的风筝冉冉上升，然后停在高空，这时节仿佛自己也跟着风筝飞起来了，俯瞰尘寰，怡然自得。但也因人的不同处境，会产生不同的情感。张光藻在戍三年，受到黑龙江将军德英的厚待，二人时常做诗唱和。诗人所作的两首《风筝》诗借物抒情，通过对放飞的风筝各种姿态的描写，表现了诗人对随波逐流、趋炎附势的人生态度的鄙弃，蕴含了自己刚正不阿、不畏权势左右的品格。

这首诗描写了风筝能飞上天空对外力的凭借和依赖。“裁筠剪纸出身轻，无翼能飞巧作声。每借儿童通线路，偶凭风力上云程。”后两句中在描写风筝在空中飞翔的同时，点明了风筝的飞翔并非源于自己的能力，只是“似有凌虚势”，“如闻得意鸣”，短暂的飞翔之后则是不堪的后果，“只恐阳春时节过，和烟和雨落荒城”。

二

骨相轻佻力本微，丝强牵系傍晴晖。
风高猛逐鹰颤起，势弱低随燕雀飞。
钻入云霄谁似尔，装成人物是耶非。
一朝附地逢荆棘，梗断蓬飘总不归。

【赏析】

这首诗描写了风筝借助丝线、风力飞上天空后的不同状态和断线之后的样子。诗人认为，风筝力量单薄，随着外界的变化而改变自己的状态，“风高猛逐鹰颤起，势弱低随燕雀飞”，在外形多样、姿态多变的背后，实则是不堪一击，“一朝附地逢荆棘，梗断蓬飘总不归”。

两首诗采用同样的手法表现了诗人的生活态度。在“天津教案”中，诗人身为父母官，敢于与清廷、洋人斗争，维护百姓的权益。被流放黑龙江，诗人通过借物咏怀，表现了自己依旧不畏权势的品格。

续青羊宫[1]花会竹枝词

清末民初·陈宗和

一叶风筝忽上升，轻浮竟遇好风乘。
任他高入青云路，牵引无非仗宝绳。

【注释】

[1]青羊宫：道教观名。在四川省成都市。唐代始建，清初重建。有铜制青羊、铁铸瓶等古物和八角亭、青羊桥等古迹。每年农历二月间有花会，为成都游览胜地。

【赏析】

这首诗通过讲述风筝飞入青云的原因，蕴含作者对人生之路的思索。一叶风筝瞬间能飞上高空，一方面缘于乘风，另一方面则是由宝绳牵引。一个人如果想步入青云，也需要良好的契机和别人的引荐。诗人借风筝之事客观地反映了良好契机和引荐者在个人发展中的重要性。

无　题

清末民初·刘师亮[1]

树林僻径少人行，喝六呼么骰子[2]声。
尚有一般清雅处，乱坟堆里卖风筝。

【注释】

[1]刘师亮：原名芹丰，又名慎之，后改慎三，最后改师亮，字云川，别号谐庐主人，四川内江人。做过塾师。1929 年 5 月在成都创办《师亮随刊》，以谐稿、诗作、戏剧、对联等文艺形式，于喜怒笑骂之中抨击四川军阀及其黑暗统治，伸张正义。以“蜀中幽默大师”之誉闻名于世。后因触怒军阀被流徙上海，在沪创办《笑刊》。1935 年 9 月回到成都，恢复《师亮随刊》。著作有《师亮谐稿》《师亮对联》《时彦声律启蒙》《师亮杂着》《东游散记》，剧作集有《胭脂配》《错吃醋》，还有《治留史》和 1000 余首诗词。他的一些创作和趣事，至今还在民间流传着。所作联语通俗、工稳、有趣。无论内容还是形式，在近代联史上都有不朽的地位。后人辑其著述为《师亮全集》，另有钟茂煊著《刘师亮外传》行世。

[2]骰子：赌具，也用以占卜、行酒令或做游戏。

【赏析】

这首诗反映了清末民初不良的民俗，表达诗人对风筝的喜爱之情。在一个僻静的地方，竟然传来吵吵嚷嚷打牌的声音。只有在乱坟堆里卖风筝的给人一种清雅的感觉。这首诗从侧面反映了风筝较其他玩乐的方式，不仅有着促进身心健康的作用，而且有着一定的文化品位，值得大力提倡。

潍县竹枝词五首[1]

清末民初·裴星川[2]

一

风筝市在东城墙[3]，购选游人来去忙。
花样翻新招主顾，双双蝴蝶鸢成行。

【注释】

[1]潍县：潍坊的别称。特产有风筝、年画等，驰名国内外。

[2]裴星川：潍县人，大约活动于民国时期，职业为医生，属下层知识分子。其《潍县竹枝词》一百首描述了自腊八节到来年清明期间的民俗活动。

[3]东城墙：指潍县县城白浪河东岩东城墙。

【赏析】

这首诗描绘了风筝市热闹的场景。潍坊风筝有着悠久的历史和广泛的群众基础。据史料记载,潍坊风筝自明代开始流行于民间,到清乾嘉年间盛行于乡里,并出现风筝的专卖市场。整首诗语言直白,明白晓畅地描写了东城墙的风筝市一派生意兴隆的景象,洋溢着欢快、愉悦的气氛。

二

纸灰飞舞东风前,祭扫人人到墓田。
万里晴空红字现,谁家放起杏花天[1]?

【注释】

[1]杏花天:一种以“杏花天”三个字扎成的字形风筝,是潍县一种传统样式的风筝。潍县(今潍坊)地处北方,春寒较长,清明时节他花未萌,只有杏花盛开,正所谓“人笑人歌芳草地,乍晴乍雨杏花天”。所以,聪明的人们不用任何图形,只是扎出三个红字——杏花天,以表达自己对冬去春来的那份喜悦之情。

【赏析】

这首诗以特写镜头的方式描写了一只红色的风筝,给清明时节扫墓人的心情带来了一抹亮色。清明节,人人怀着对逝去者的思念来祭奠扫墓,纸灰在风中飞舞,田野里弥漫着沉重的气氛。万里晴空飞起一只红色的风筝,让人们感受到春天的生机与活力。这首诗构思巧妙,读来别有一番情趣。

三

卖花声里过清明,丝雨片风寒暖轻。
好趁新晴残照[1]里,绿杨村外放风筝。

【注释】

[1]残照:落日的光辉,夕照。

【赏析】

这首诗反映了人们对风筝的喜爱之情。潍县人春游的主要方式就是放风筝,但清明时节却常常是春雨纷纷。到了傍晚,天总算放晴了,人们急忙到村外放风筝。诗人通过人们放风筝这一场景,从侧面表现了人们放风筝的热情。

四

唐家父子善经营，年画贩来杨柳青[1]，
铺面不离十字口，接连寒食卖风筝。

【注释】

[1]杨柳青：有着千年文化底蕴的杨柳青镇，是中国北方历史名镇，也是我国四大名镇之一。明清时杨柳青即为中国北方民间艺术集散地，它孕育出了中国四大木版年画之首的杨柳青年画。此处指杨柳青年画。

【赏析】

此诗选取了唐家商铺来侧面表现潍县当时丰富的民俗文化。唐家父子经营人们喜爱的民俗字画、工艺品，铺面就在热闹的十字路口。精明的唐家人抓住了当地老百姓的喜好，根据时节的不同不断地补充不同的货物，其中最具有吸引力的则是杨柳青年画、潍坊风筝。这首诗从侧面反映了潍坊历史悠久的风筝文化。

五

秋千架近白狼河，寒食清明佳景多。
纸鸢满天人满地，戏台京剧沸笙歌。

【赏析】

此诗写的是旧年清明放风筝的风光。当时在白狼河扎起高大的转秋千，让来自四乡的少女们上去随秋千一起飞转，正如郑板桥所咏："五色罗裙风摆动，好将蝴蝶斗春归。"诗人抓住了荡秋千、放风筝、搭台唱戏等几个典型的场景，反映了寒食清明时节人们游玩享受大好春光的民俗风情。

看风筝

清末民初·吴楚良

风筝脱手似雄鹰，半入空中半入云。
若能化身添双翼，万里长空任驰骋。

【赏析】

清末民初武陵才子吴楚良借风筝展开联想，抒发厌烦久居山村不见世面之愁。诗人看到放飞的风筝如雄鹰般冲入云霄，产生了羡慕之情，慨叹如果能有一双翅膀到万里长空中驰骋翱翔，那该是多么舒畅啊！诗人通过这首诗表达了自己对现实的厌倦和对实现远大理想的期盼。

赞如皋风筝

清末民初·冒广生[1]

闲看儿童拍手呼，晴郊浅草绿如铺。
扬州便说包灯好，比得风筝巧制无。

【注释】

[1]冒广生(1873～1959年)：字鹤亭，号疚斋，江苏如皋人。明末江南名士冒襄(辟疆)的后裔。少时就有诗名，清光绪二十年(1894年)中举人，后诰授资政大夫，官刑部郎中。清末任农工部郎中。民国初任农商部全国经济调查会会长。旋任温州瓯海关监督。旅温五年，在墨池坊筑瓯隐园迎母来温，建"后戏彩堂"。助建京班翔舞台，著《戏言》表彰温州地方戏。同时提倡诗文。著有《冒鹤亭词典论文集》，编刻《永嘉诗人祠堂丛刻》《永嘉高僧碑传集》《二黄先生集》，对温州文化事业发展深有影响。抗日战争前，任中山大学教授。新中国成立后，任上海市文管会特约顾问。

【赏析】

这首诗咏赞了如皋的风筝的精美，描绘了如皋人放风筝的盛况。如皋濒江临海，一马平川，节令分明，季风强劲，是冬春农闲季节放飞风筝的好地方。在天气晴朗、绿意醉人的春光中，人们纷纷放起了风筝。孩子们看到风筝飞到空中，拍手叫好。如皋人不仅喜欢放风筝，而且制作风筝的技术也非常丰富，做出的风筝各个精工细作，非常漂亮。都说扬州的包灯十分精巧，但诗人认为还是步入如皋的风筝精美。

锦江花朝竹枝词[1]

民国·王蜀瑜

向晓晴曦挂头巅，和风吹透杏花天。
莫嗔侍女偏多事，偷把红丝系纸鸢。

【注释】

[1]锦江：岷江分支之一，在今四川成都平原。传说蜀人织锦濯其中则锦色鲜艳，濯于他水，则锦色暗淡，故称。花朝，百花盛开的春景，亦泛指大好春光。

[2]嗔：怒，生气。

【赏析】

这首诗描写了春日女子的情思。在一个春光明媚的日子，杏花开满了庭院，在春风吹拂下散发着阵阵芬芳。女子在这良辰美景，对自己的未来也充满了期待。放飞风筝，也放飞自己的心情，放飞自己的理想。诗的前两句极尽渲染满园春光，后两句则以婉转的方式衬托出女子的情思，上下一开一合，相映成趣，别具特色。

纸　鸢

邓　拓[1]

鸢飞蝶舞喜翩翩，远近随心一线牵。
如此时光如此地，春光送你上青天。

【注释】

[1]邓拓(1912～1966年)：原名邓子健、邓云特，1912年出生于福建闽侯一个旧知识分子家庭。他从小就酷爱文学艺术。1930年18岁时参加了左翼社会

科学家联盟，同年加入中国共产党，积极从事革命活动。1937 年秋到达解放区后，历任《晋察冀日报》社长、晋察冀新华社社长等。新中国成立后先后任《人民日报》社长、总编辑和北京市委文教书记等职。著有《邓拓诗集》。

【赏析】

这首诗以欢快的笔调描绘了放风筝的场景。各式各样的风筝随着风筝线飞舞着升上天空，春风、风筝、蓝天，这幅美丽的画面给人以心旷神怡的感受。诗人为这一美景所陶醉，不由得发出“如此时光如此地”的感慨。

咏风筝

于立忱[1]

碧落何来五色禽，长空万里任浮沉。
只因半缕轻丝系，辜负乘风一片心。

【注释】

[1]于立忱(1912～1937 年)：原籍广西，是民初要人岑春煊的外甥女，随父在天津求学，后为《大公报》记者，约 1934 年被报社派驻东京，1937 年 5 月在上海突然自杀。

【赏析】

1937 年的一天，当时侨居日本的郁达夫和郭沫若去看望于立忱女士，于女士拿出她写的这首诗给他们看。诗人将自己比作一只在万里长空飞舞的风筝，由于各种羁绊，不能乘风自由飞翔。整首诗忧戚哀婉，表达了诗人难以主宰自己命运的哀怨。诗人回国后不久自杀，正如诗中所言，诗人像一只断了线的风筝，带着哀怨与悲愤永远消失在碧空里。

断线风筝

郭沫若[1]

横空欲纵有遭擒，挂角高瓴[2]月影沉。
安得嫦娥宫里去，碧海晴天话素心[3]。

【注释】

[1]郭沫若(1892～1978年)：现当代诗人、剧作家、历史学家、古文字学家。原名开贞，笔名郭鼎堂、麦克昂等。四川乐山人。著有诗集《女神》《星空》《瓶》《前茅》《恢复》，并写有历史剧、历史小说、文学论文等作品。

[2]瓴(líng)：房屋上仰盖的瓦，亦称“瓦沟”。

[3]素心：一指本心，素愿；又指心地纯洁。

【赏析】

这首诗是郭沫若为和于立忱的《咏风筝》而作。诗中借风筝所受的羁绊表达了诗人面临的种种阻隔：即使能挣断“半缕轻丝”，也难“乘风”至琼楼玉宇与嫦娥倾诉衷肠。诗作借物喻人，情意深长。

儿童杂事诗

周作人[1]

鲇鱼飘荡日当中，蝴蝶翻飞上碧空。
放鹞须防天气变，莫教遇着乱头风。

【注释】

[1]周作人(1885～1967年)：现代散文家、诗人、文学翻译家。原名櫆寿，字星杓，后改名奎缓，自号起孟、启明(又作岂明)、知堂等，笔名仲密、药堂、周遐寿等。浙江绍兴人。鲁迅的二弟。

【赏析】

这首诗讲述了放风筝所需要的天气情况。天气晴朗，春风吹拂，是放风筝的最佳环境。在这样的天气条件下放飞的风筝，鲇鱼风筝如在水中，蝴蝶风筝仿佛飞在花丛中。放风筝最怕天气骤变，遇到乱头风，诗人告诫人们放风筝需要选择适合的天气。

湘西少数民族山歌

郎有意来妹有心，不知何时定终身。
叫声哥哥莫性急，明年二月放风筝。

【赏析】

以“歌为媒”、以歌定情自由恋爱，是湘西少数民族独特而奇妙的求偶方式。通过山歌传情、草标幽会，检验出彼此的才智和人品。情投意合者，便互赠信物，山盟海誓，定下姻缘，爱情的鲜花终于结出甜蜜的果实。在这首山歌中，这对有情人约好放风筝时互诉衷肠，心儿像放飞的风筝一样自由地飞翔。风筝成为爱情的信物，蕴含了有情人丰富的情感和对自由爱情的热切期盼。

张家界土家人花灯词《放风筝》[1]

奴在闺中闷沉沉，一心只想放风筝。东村有个小书生，他与奴家一面情，曾经邀定好时辰，一起放风筝。线儿长，风筝轻，脱手一上半天云，散散奴的心；娘骂女儿小妖精，不上绣架放风筝，坏家门，多丢人，风筝带露女儿身，气煞老娘心；女怨娘亲旧脑筋，风筝何以限女人。春光明，和风清，我借风筝解心闷，莫扫奴的兴。

【注释】

[1]张家界土家人:在湖南省西北部(现在的湘西土家族苗族自治州)。土家人爱唱山歌,山歌有情歌、哭嫁歌、摆手歌、劳动歌、盘歌等。

【赏析】

张家界土家人还把风筝编进了花灯词中,逢年过节演唱。这首《放风筝》,描写了一位闺中少女,借风筝抒发自己的情感,直抒胸臆,妙趣横生。诗中这位闺中少女活泼开朗、多情守信,不顾母亲的阻拦,赴约放风筝,期盼如飞入云霄的风筝一般自由自在。回到家中,母亲的训斥并没有破坏这位少女的兴致,她一边辩解,"风筝何以限女人",一边沉浸在放风筝的乐趣之中。整首诗语言通俗,具有浓郁的地方口语色彩。

城南竹枝词

佚　名

儿童欢乐语声哗,买得风筝意自夸。
更有纸篮工细巧,攒[1]时五色像花生。

【注释】

[1]攒:聚,凑集,拼凑。

【赏析】

这首诗描写了快乐的孩子们。在一起玩耍的孩子们是多么快乐啊,有的对买来的风筝赞赏不绝,有的炫耀着像花一样精致的纸篮,孩子们笑着、叫着、跑着、跳着,天真无邪,快乐无比。诗人为孩子的欢乐所感染,仿佛自己又回到童年,加入到孩子们的行列。整首诗洋溢着孩子的欢笑,具有很强的艺术感染力。

首都杂咏

佚　名

爆竹声声一岁终，大街小巷嬉儿童。
风筝处处争奇巧，鱼跃鸢飞舞碧空。

【赏析】

这首诗描写了新春伊始孩童放风筝的热闹场景。过新年最快乐的是孩子们，大街小巷都是尽情玩耍的孩子，而孩子们最钟爱的则是放风筝。蓝色的天空中放飞的风筝形态各异，各具特色，它们都花费了孩子们不少心思。这首诗以简单质朴的语言表现了孩子们的快乐生活，反映了风筝给孩子们带来的无穷乐趣。

临江仙·风筝[1]

叶恭焯

不羡红丝牵一线，扶摇直上遥空。几曾愁梦绕芳丛，栖香心婉转，写影骨玲珑。　　信道黄花还比瘦，无端轻落泥中。拼将弱质斗西风，命虽同纸薄，身肯逐飘蓬。

【注释】

[1]临江仙：词牌名。该词取自粤剧《搜书院》。

【赏析】

《搜书院》是海内外闻名的现代粤剧优秀剧目，由粤剧编剧家杨子静等编剧，麦大非导演，马师曾与红线女主演。《搜书院》讲述了镇台府婢女翠莲和琼台书院掌教谢宝的学生张逸民的爱情故事，塑造了翠莲不畏权势、敢于抗争、追求自由恋情的品格，歌颂了谢宝刚正不可、有勇有谋的高贵品格。《临江仙·风筝》是岭南文人叶恭焯填的一首词。杨子静将这首优美的词作放在《搜书院》的第一场，以衬托翠莲“拼将弱质斗西风”的性格，使剧本增添了光彩。

这首词通过对风筝的描写来表现主人公翠莲虽为社会地位低下的弱女子但勇于抗争的光辉形象。风筝虽然“扶摇直上遥空”，好似自由潇洒，但没有庄子笔下的鲲鹏逍遥，而是被一丝红线所牵引。风筝虽然有着美的姿态，“栖香心婉转，写影骨玲珑”，但总是被牵线人所左右。词作将风筝比作翠莲，表现了翠莲虽然“命虽同纸薄”，但不肯向命运低头，“拼将弱质斗西风”，敢于追求自己的幸福。

词作借物咏怀，构思巧妙，笔法细腻，将其置于《搜书院》之首，很好地点明了剧作的题旨。